日本プロレタリア傑作選集

小林多喜二

不在地主

日本評論社

目次

不在地主

この一篇を、「新農民讀本」として全國津々浦々の「小作人」と「貧農」に捧げる。「荒木又右衞門」や「鳴門秘帖」でも讀むやうな積りで、仕事の合間々々に寢ころびながら讀んでほしい。

一

「ドン〳〵、ドン」

泥壁《どろかべ》には地圖《ちづ》のやうに割目《われめ》が入《はひ》つてゐて、倚《よ》りかかると、ボロ〳〵こぼれ落《お》ちた。——由三《よしぞう》は半分《はんぶん》泣《な》きながら、ランプのホヤを磨《みが》きにかゝつた。ホヤの端《はし》を掌《てのひら》で抑《おさ》へて、ハアーと息《いき》を吹《ふ》き込《こ》んでやると、煙《けむり》のやうに曇《くも》つた。それから新聞紙《しんぶんし》を圓《まる》めて、中《なか》を磨《みが》いた。何度《なんど》もそれを繰返《くりかへ》すと、石油臭《せきゆくさ》い匂《にほ》ひが何時《いつ》迄《まで》も手《て》に殘《のこ》つた。

のめりかけてゐる藁屋根《わらやね》の隙間《すきま》からも、がたぴしやに取付《とりつ》けてある窓《まど》からも、煙《けむり》が燻《いぶ》り出《で》てゐた。

出《で》た煙《けむり》はぢゆく〱した雨《あま》もよひに、眞直《まつす》ぐ空《そら》にものぼれず、ゆつくり横《よこ》ひろがりになびいて、野面《のづら》をすれ〴〵に廣《ひろ》がつて行《い》つた。

由三《よしぞう》は毎日《まいにち》のホヤ磨《みが》きが嫌《いや》で、嫌《いや》でたまらなかつた。「えツ、糞婆《くそばゞ》、こツたらもの破《わ》つてしまへ!」——思《おも》ひ出《だ》したやうに、しやつくり上《あ》げる。背《せ》で、泥壁《どろかべ》がボロ〱こぼれ落《お》ちた。何處《どこ》かで牛《うし》のなく幅《はゞ》の廣《ひろ》い聲《こゑ》がした。と、すぐ近《ちか》くで、今度《こんど》はそれに答《こた》へるやうに別《べつ》の牛《うし》が啼《な》いた。——霧《きり》のやうに細《こま》かい、冷《つめ》たい雨《あめ》が降《ふ》つてゐた。

「由《よし》ツ! そつたらどこで、何時《えつ》迄《まで》何《なに》してるだ!」——家《いへ》の中《なか》で、母親《はゝおや》が怒鳴《どな》つてゐる。

「今《えま》、えぐよオ。」

母親《はゝおや》はペト〱した土間《どま》の竈《かまど》に蹲《しやが》んで、顏《かほ》をくツつけて、火《ひ》を吹《ふ》いてゐた。眼《め》に煙《けむり》が入《はひ》る度《たび》に前掛《まへかけ》でこすつた。毎日《まいにち》の雨《あめ》で、木《き》がしめツぽくなつてゐた。——時々《ときどき》竈《かまど》の火《ひ》で、顏《かほ》の半分《はんぶん》だけがメラ〱と光《ひか》つて、消《き》えた。

「早《はや》く、ランプばつけれ。」

家《いへ》の中《なか》は、それが竈《かまど》の中《なか》でゞもあるやうに、モヤ〱けぶつてゐた。眼《め》のあき所《どころ》がない。由三《よしぞう》は手《て》さぐりで、戸棚《とだな》の上《うへ》からランプの臺《だい》を下《おろ》した。

「母《はゝ》。油《あぶら》無《ね》えど。」

「？」――母親《はゝおや》はひよいと立《た》ち上《あが》つた。「無《ね》え？……んだら、「ムさ行《い》つて來《こ》い。」

「ぜんこ？」

「ぜんこなんて無《ね》え。借《か》りて來《こ》い！」

由三《よしぞう》はランプの臺《だい》を持《も》つたまゝ、母親《はゝおや》の後《うしろ》でウロ〳〵してゐた。

「行《い》げッたら行《い》げ！　この糞《くそ》たれ。」

「ぜんこよオ！」――背《せ》を戸棚《とだな》にすりつけた。「もう貸《か》さね――ェわ。」

「貸《か》したつて、貸《か》さねたつて、ぜんこ無《ね》えんだ。」

「駄目《だめ》、だめーえ、駄目《だめ》！……」

「行《い》げッたら行《い》げッ！」

由三《よしぞう》は毆《なぐ》られると思《おも》つて、後《あと》ずさりすると、何時《いつ》もの癖《くせ》になつてゐる頭《あたま》に手《て》をやつた。周章《あわ》てゝ裏《うら》口《ぐち》へ下駄《げだ》を片方《かたはう》はき外《はづ》したまゝ飛《と》び出《だ》した。――「えツ、糞婆《くそばゞ》！」

戸口《とぐち》に立《た》つたまゝ、由三《よしぞう》はしばらく内《うち》の氣配《けはひ》をうかゞつてゐたが、こつそり土間《どま》に這《は》ひ込《こ》んで、片《かた》方《はう》の下駄《げた》を取出《とりだ》した。しめつぽい土《つち》の匂《にほ》ひが鼻《はな》へチカにブーンと來《き》た。

雨《あめ》に濡《ぬ》れてゐる兩側《りやうがは》の草《くさ》が氣持惡《きもちわる》く脛《すね》に當《あた》る細道《ほそみち》を拔《ぬ》けて、通《とほ》りに出《で》た。道《みち》の傍《かたは》らには、節《ふし》を荒《あら》けずりにした新《あたら》しい木《き》の香《か》のする電柱《でんちう》が、間隔《かんかく》を置《お》いて、何本《なんぼん》も轉《ころ》がさつてゐた――もうしばらくで、この村《むら》に電燈《でんとう》がつくことになつてゐた。毎日《まいにち》「停車場《ていしやぢやう》のある町《まち》」から電工夫《でんこうふ》が、道具《だうぐ》をもつて入《はひ》り込《こ》んできた。一本《ぽん》〳〵電柱《でんちう》が村《むら》に近《ちか》くなつてきた。子供達《こどもたち》はそれを何本《なんぼん》、何本《なんぼん》と毎日數《まいにちかぞ》へ直《なほ》して、もう何本《なんぼん》で村《むら》に入《はひ》るか、云《い》ひ合《あ》つた。皆《みな》は工夫達《こうふたち》の仕事《しごと》をしてゐるところに、一日中立《にちぢうた》つてみてゐた。

「お前《う》え達《たち》のうちに姉《あね》のゐる奴《やつ》ゐるか？」

子供達《こどもたち》ははにかみ笑《わら》ひながら、お互《たがひ》に身體《からだ》を押《お》し合《あ》つた。

「此奴《こいら》にゐるんだよ。」――一人《ひとり》が云《い》ふ。「な！」

「ん、ん。」

「んか、可愛《めんこ》いか？――晩《ばん》になつたらな、遊《あそ》ぶに行《え》ぐつてな、姉《あね》さ云《い》つて置《お》げよ。えゝか。」

と、皆《みな》は一度《ど》にヤアーと笑《わら》ひ出《だ》してしまふ。――子供達《こどもたち》は何時迄《いつまで》もさうやつてゐるのが好《す》きだつた。

日《ひ》が暮《く》れさうになつて、やうやく口笛《くちぶえ》を吹《ふ》きながら、棒切《ぼうき》れで道端《みちばた》の草《くさ》を薙《な》ぎ倒《たふ》し、なぎ倒《たふ》し、村道《そんだう》を村《むら》に歸《かへ》つてきた……。

通《とほ》りを三町程行《ちやうほどゆ》くと、道《みち》をはさんで荒物屋《あらものや》、郵便局《いうびんきよく》、床屋《とこや》、農具店《のうぐてん》、種物屋《たねものや》、文具店《ぶんぐてん》などが二、三十軒並《けんなら》んでゐる「市街地《しがいち》」に出《で》る。――由三《よしぞう》は坊主頭《ばうずあたま》と兩肩《りやうかた》をヂュ、ク、〳〵に雨《あめ》に濡《ぬ》らしたまゝ走《はし》つた。

軒下《のきした》に子供《こども》が三、四人集《にんあつま》つて、「ドン〳〵」をやつてゐた。由三《よしぞう》はランプの臺《たい》を持《も》つたまゝ側《そば》へ寄《よ》つて行《い》つた。

「ドン〳〵、ドン！」

「ドン〳〵、ドン！」

「中佐《ちうさ》か？――勝《か》つたど！　少將《せうしやう》だも。」

相手《あひて》は舌《した》で上唇《うはくちびる》を嘗《な》めながら、「糞《くそ》！」と云《い》つた。

「ドン〳〵――ドン！」

「ドン〳〵、アッ一寸待《ちつとま》つてけれ。」――何《なに》か思《おも》つて、クルリと後向《うしろむ》きになると、自分《じぶん》の札《ふだ》の順《じゆん》を直《なほ》した。

「ドン〳〵ドン！」

「ドン〳〵ドン！」

「中將《ちうじやう》！」

「元帥《げんすゐ》だ！――どうだ！」――いきなり手《て》と足《あし》を萬歳《ばんざい》させた。

「あ、お前《まへ》、中將取《ちうじやうと》られたのか？……」――側《そば》の者《もの》が負《ま》けたものゝ手元《てもと》をのぞき込《こ》んだ。「あと何《な》んと何《な》に持《も》つてる？」

「默《だま》つてれでえ！……負《ま》けるもんか。」

「オ、由《よし》、組《くみ》さ入《はい》らねえか？」――勝《か》つた方《はう》が云《い》つた。

「入《い》れでやるど、えゝべよ。」

由三《よしぞう》はやりたかつた。然《しか》し今迄《いままで》一度《ど》だつて「ドン〳〵」を買《か》つて貰《もら》つたことがなかつた。――由三《よしぞう》はだまつてゐた。

「無《ね》えのか？」

「由《よし》どこの姉《あね》、こんだ札幌《さつぽろ》さ行《い》ぐつてな。」

一人《ひとり》が軒下《のきした》から、雨《あめ》の降《ふ》つてゐる道《みち》へ向《む》けて、前《まへ》を腹位迄《はらぐらゐまで》まくつて小便《せうべん》をしてゐた。

「誰《だれ》云《い》つた？」

「誰《だれ》でもよ。んで、白首《ごけ》になるツてな！」

「んか、白首《ごけ》にか！」

「白首《ごけ》か！　さうか！」――皆《みな》はやし立《た》てた。

由三《よしぞう》はそれが何《なん》のことかハッキリ分《わか》らなかつた。分《わか》らないが、いきなりヒネられでもした後《あと》のやうに顔中《かほぢう》がカッと逆上《のぼ》せてきた。

「夕燒小燒《ゆふやけこやけ》に日《ひ》が暮《く》れて…」――女《をんな》の子《こ》が三、四人聲《にんこゑ》を張《は》り上《あ》げて歌《うた》つてゐるのが、遠《とほ》くに聞《きこ》えてゐた。

由三《よしざう》は急《きふ》にワッと泣《な》き出《だ》した。

「泣《な》くな、え、このメソ！」

グイと押《お》されて、ランプの臺《だい》を落《おと》してしまつた。少《すこ》し殘《のこ》つてゐた石油《せきゆ》が、雨《あめ》に濡《ぬ》れた地面《ぢめん》にチリチリと紫色《むらさきいろ》の波紋《はもん》をつくつて廣《ひろ》がつた。――皆《みな》は氣《き》をのまれて、だまつた。

「あーあ、俺《おれ》でもないや、俺《おれ》でもないや。」――少《すこ》し後《あと》ずさりして云《い》ひ出《だ》した。

「俺《おれ》でもないや。」

「うえ、お前《め》えだど。――お前《め》えでないか！」

「俺《おれ》でもないや。」

「俺《おれ》でもないや、あーあ。」

「母《はゝ》さ云《い》つてやるから！」――由三《よしざう》は大聲《おほごゑ》で泣《な》きながら、通《とほ》りを走《はし》り出《だ》した。

途中《とちう》で片々《かたく》の下駄《げた》を脱《ぬ》いで、手《て》に持《も》つた。走《はし》りながら、「母《はゝ》さ云《い》つてやるから！」何度《なんど》もそれを繰《く》りかへした。

母親《はゝおや》はすぐ裏《うら》の野菜畑《やさいばたけ》の端《はし》で、末《すゑ》の子《こ》を抱《かゝ》へて小便《おしつこ》をさせてゐた。鷄《にはとり》が畠《はたけ》のウネを越《こ》えて、始終《しじう》キョト〳〵しながら餌《ゑ》をあさつてゐる。

「ほら、とツと――なア。とツと、こ、こ、こ、こツてな。――さ、しツこするんだど、可愛《めんこ》いから……」そして「シー、シー、シー」と云《い》つた。

子供《こども》は足《あし》をふんばつて、「あー、あー、あば、ば、ば、ば……あー、あー」と、噪《はしや》いだ。

「よし〳〵。さ、しツこ、しツこ、な。」

母親《はゝおや》はバタ〳〵する兩足《りやうあし》を抑《おさ》えた。

その時《とき》、身體《からだ》をびツこに振《ふ》りながら、片手《かたて》に下駄《げた》を持《も》つて、畑道《はたけみち》を走《はし》つてくる由三《よしぞう》が見《み》えた。それが家《いへ》のかげに見《み》えなくなつた時《とき》、すぐ、土間《どま》で敷居《しきゐ》につまづいて、思《おも》ひツ切《き》り投《な》げ出《だ》されたらしく、棚《たな》から樽《たる》やバケツの落《お》ちる凄《すご》い音《おと》がした。と、同時《どうじ》にワアツと由三《よしぞう》の泣《な》き出《だ》すのが聞《きこ》えた。

「犬餓鬼《いぬがき》！　又喧嘩《またけんくわ》してきたな。……さ、しツこもうえゝか？」

小指程《こゆびほど》のちんぽの先《さき》が、露《つゆ》のやうにしめつてゐた。

「よし〳〵、可愛《めんこ》い、可愛《めんこ》い。」

由三《よしぞう》は薄暗《うすぐら》いベト〳〵する土間《どま》に仰向《あふむ》けになつたまゝ、母親《はゝおや》を見《み》ると、急《きふ》に大《おほ》きな聲《こゑ》を出《だ》し、身體《からだ》をゴロ〳〵させて泣《な》き出《だ》した。

S――村

由三《よしぞう》は空《から》の茶碗《ちやわん》を箸《はし》でたゝき乍《なが》ら、「兄《あん》ちや歸《かへ》らないな……」と、脣《くちびる》をふくれさせてゐた。

兄《あに》の健《けん》は、畠《はたけ》からすぐ市街地《しがいち》の「青年訓練所《せいねんくんれんじよ》」に廻《まは》つたらしく、夕飯時《ゆふはんどき》に家《いへ》に歸《かへ》らなかつた。――健《けん》は今年《ことし》徴兵檢査《ちようへいけんさ》だつた。若《も》し、萬《まん》一兵隊《へいたい》にとられたら、今《いま》のまゝでも食《く》へないのに大變《たいへん》なことだつた。「青年訓練所《せいねんくんれんじよ》」に通《かよ》へば、とにかく兵隊《へいたい》の期間《きかん》が減《へ》る、さう聞《き》いてゐた。それだけを頼《たの》みに、クタクタになつた身體《からだ》を休《やす》ませもせずに通《かよ》つてゐた。

母親《はゝおや》は背中《せなか》へ、かゝに裸《はだか》の子供《こども》を負《お》つて、身體《からだ》をユスリ〳〵外《そと》へ出《で》てみた。――子供《こども》は背中《せなか》でくびれた手足《てあし》を動《うご》かした。その柔《やはら》かい膚《はだ》の感觸《さはり》がくすぐつたく、可愛《かあい》かつた。

「えゝ子《こ》だ、えゝ子《こ》だ。」母親《はゝおや》は身體《からだ》を振《ふ》つた。――一度《ど》、こんな風《ふう》に負《お》ぶつてゐて、子《こ》供《ども》をすつぽり、そのまゝ畑《はたけ》へすべり落《おと》してしまつたことがあつた……。

野面《のづら》は青黑《あをぐろ》く暮《く》れかゝつてゐた――背《せ》が粟立《あはだ》つほど、底寒《そこさむ》かつた。

健達《けんたち》の、このS村《むら》は、吹《ふ》きッさらしの石狩平野《いしがりへいや》に、二、三戸《こ》づゝ、二、三戸《こ》づゝと百戸《こ》ほど散《ち》らばつてゐた。それが「停車場《ていしやば》のある町《まち》」から一筋《すぢ》に續《つゞ》いてゐる村道《そんだう》に、繩《なは》の結《むす》びこぶのやうにくッついてゐたり、ずウと畑《はたけ》の中《なか》に引《ひ》ッ込《こ》んでゐたりした。丁度《ちやうど》それ等《ら》の中央《ちうあう》に「市街地《しがいち》」があつた。五十戸《こ》ほど村道《そんだう》をはさんで、兩側《りやうがは》にかたまつてゐた。

平原《へいげん》を吹《ふ》いてくる風《かぜ》は、市街地《しがいち》に躍《おど》りこむと、ガタ〱と戸《と》をならし、砂《すな》ほこりをまき上《あ》げて、又《また》平原《へいげん》に通《とほ》り拔《ぬ》けて行《い》つた。——田《た》や畑《はたけ》で働《はたら》いてゐると、ほこりが高《たか》く舞《ま》ひ上《あが》りながら、村道《そんだう》に沿《そ》つて眞直《まつす》ぐに何處《どこ》までも吹《ふ》き飛《と》ばされて行《ゆ》くのが見《み》えた。

どつちを見《み》ても、何《な》んにもない。見《み》る限《かぎ》り廣茫《くわうばう》としてゐた。冬《ふゆ》はひどかつた。電信柱《でんしんばしら》の一列《れつ》が何處《どこ》迄《まで》も續《つゞ》いて行《い》つて、マッチの棒《ぼう》をならべたやうになり、そしてそれが見《み》えなくなつても、まだ平《たひら》であり、眼《め》の邪魔《じやま》になるものがなかつた。所々《ところ〴〵》箒《はうき》をならべ立《た》てたやうな、ポプラの「防雪林《ばうせつりん》」が身體《からだ》をゆすつてゐたり、雜木林《ざふきばやし》の叢《くさむら》が風呂敷《ふろしき》の皺《しわ》のやうに蔓《は》つてゐた。

S村《むら》の外《はづ》れから半里《はんり》ほどすると、心持《こゝろも》ち土地《とち》は上流石狩川《じやうりういしかりがは》の方《はう》へ傾斜《けいしや》して行《い》つてゐた。河近《かはちか》くは「南瓜《かぼちや》」や「唐黍《たうきび》」の畑《はたけ》になつてゐたが、畑《はたけ》のウネとウネの間《あひだ》に、大《おほ》きな石塊《せきくわい》が赤土《あかつち》や砂《すな》と一緒《しよ》にムキ出《だ》しに轉《ころ》がつてゐた。石狩川《いしかりがは》が年《ねん》一度《ど》、五月頃《ごろ》氾濫《はんらん》して、その邊《へん》一帶《たい》が大《おほ》きな沼《ぬま》のやうになるからだつた。——畑《はたけ》が盡《つ》きると、帶《おび》の幅程《はゞほど》の、まだ開墾《かいこん》されてゐない雜草地《ざつさうち》があり、そこからすぐ河堤《かはつゝみ》になつてゐた。子供達《こどもたち》は釣竿《つりざを》を振《ふ》りながら、腰程《こしほど》の雑草《ざつさう》を分《わ》けて、河《かは》へ下《お》りて行《い》つた。
河向《かはむか》ふは砂《すな》の堤《つゝみ》になつてゐて、色々《いろいろ》な形《かたち》に區切《くぎ》られた畑《はたけ》が、丁度《ちやうど》つぎはぎした風呂敷《ふろしき》のやうに擴《ひろ》がつてゐた。こつちと同《おな》じ百姓家《ひやくしやうや》の歪《ゆが》んだ家根《やね》がボツ、ボツ見《み》えた。

「移民案内」

「内地《ないち》の府縣《ふけん》に於《おい》ては、自作地《じさくち》は勿論《もちろん》、小作地《こさくち》と雖《いへど》も新《あらた》に得《う》ることは仲々《なかなか》困難《こんなん》であるのに反《はん》して、北海道《ほくかいだう》に移住《いぢう》し、特定地《とくていち》の貸付《かしつけ》をうけ、五ケ年《ねん》の間《あひだ》にその六割以上《わりいじやう》を開墾《かいこん》し終《をは》る時《とき》は、その土地《とち》を無償《むしやう》で附與《ふよ》をうけ、忽《たちま》ち五町歩《ちやうぶ》乃至《ないし》十町歩《ちやうぶ》の地主《ぢぬし》となるを得《う》、又《また》資金《しきん》充分《じゆうぶん》なるものは二十町歩《ちやうぶ》土地《とち》代價《だいか》か八百圓位《ゑんぐらゐ》で未墾地《みこんち》の拂下《はらいさ》げを受《う》け得《う》べく、故《ゆゑ》に勤勉《きんべん》なるものは移住後《いぢうご》概《がい》して生活《せいくわつ》に困難《こんなん》することなし……。」(「北海道移住案内」北海道廳、拓殖部編)

「……數年《すうねん》を經《へ》て、開墾《かいこん》の業《げふ》成《な》るの後《のち》は、穀物《こくもつ》も蔬菜《そさい》も豐《ゆた》かに育《そだ》ち、生計《せいけい》にも餘裕《よゆう》を生《しやう》じ、草小屋《くさごや》は柾屋《まさや》に改築《かいちく》せられ、庭《には》に植《う》ゑたる果樹《くわじゆ》も實《み》を結《むす》ぶなど、其《そ》の愉快《ゆくわい》甚《はなは》だ大《だい》なるものあらん。この土地《とち》こそ、子《こ》より孫《まご》と代々《だいだい》相傳《あひつた》へて、此《こ》の畑《はたけ》は我《わ》が先祖《せんぞ》の開《ひら》きたる所《ところ》、この樹《き》は我先祖《わがせんぞ》の植《う》ゑたるものなりと言《い》ひはやされ、其《そ》の功《こう》は行末《ゆくすゑ》永《なが》く殘《のこ》るべし。」(「開墾及耕作の栞」北海道廳、拓殖部編)

「……實際《じつさい》、我國《わがくに》の人口《じんこう》、食糧問題《しよくりやうもんだい》がかくまでも行《ゆ》き詰《つま》りを感《かん》じてゐる現今《げんこん》、北海道《ほくかいだう》、樺太《からふと》の開墾《かいこん》は焦眉《せうび》の急務《きふむ》であると思《おも》ひます。そのためには個人《こじん》の利害得失《りがいとくしつ》などを度外視《どぐわいし》して、國家的《こくかてき》な仕事《しごと》――戰《せん》時《じ》に於《お》ける兵士《へいし》と同《おな》じ氣持《きもち》を持《も》ちまして、開墾《かいこん》に從事《じうじ》し、國富《こくふ》を豐《ゆた》かにしなければならない、かう愚《ぐ》考《かう》するものであります。」（某氏就任の辭）

「立毛差押《たちげさしおさへ》」「立入禁止《たちいりきんし》」「土地返還請求《とちへんくわんせいきう》」「過酷《くわこく》な小作料《こさくれう》」――身動《みうご》きも出來《でき》ないやうに縛《しば》りつけられてゐる内地の百姓が、これ等《ら》に見向《みむ》きしないでゐることが出來《でき》るだらうか。――それは全《まつた》くウマイところをねらつてゐた。

S村《むら》は開墾《かいこん》されてから三十年近《ねんちか》くになつてゐた。ではS村《むら》の百姓《ひやくしやう》はみんな五町歩《ちやうぶ》乃至《ないし》十町歩《ちやうぶ》の「地《ち》主《ぬし》」になつてゐたか？　そして、草小屋《くさごや》は柾屋《まさや》に改築《かいちく》されてゐたか？

「誰も道て會はねばえゝな」

健達《けんたち》の一家《か》も、その「移民案內《いみんあんない》」を讀《よ》んだ。そして雪《ゆき》の深《ふか》い北海道《ほくかいだう》に渡《わた》つてきたのだつた。彼等《かれら》も亦《また》自分達《じぶんたち》の食料《しよくれう》として取《と》つて置《お》いた米《こめ》さへ差押《さしおさ》へられて、軒下《のきした》に積《つ》まさつてゐながら、それに指《ゆび》一本《ぽん》つけることの出來《でき》ない「小作人《こさくにん》」だつた。

健《けん》は兩親《りやうしん》にともなはれて、村《むら》を出《で》た日《ひ》のことを、おぼろに覺《おぼ》えてゐる。十四、五年前《ねんまへ》のことだつた。

――重《おも》い妹《いもうと》を負《お》ぶつて遊《あそ》んで來《く》ると、どこか家《うち》の中《なか》が變《かは》つてゐた。健《けん》は胸《むね》を帶《おび》で十字《じ》に締《し》められて、龜《かめ》の子《こ》のやうに首《くび》だけを苦《くる》しくのばしてゐた。

「母《はゝ》、もうえゝべよ。」と云《い》つた。

母《はゝ》は細引《ほそびき》を手《て》にもつて、浮《う》かない風《ふう》に家《いへ》の中《なか》をウロ〱してゐた。父《ちゝ》は大《おほ》きな安坐《あぐら》をかいたまゝ煙草《たばこ》をのんで、別《べつ》な方《はう》を見《み》てゐた。――母《はゝ》は健《けん》を見《み》ると、いつになくけはしい顏《かほ》をした。

「まだ外《そと》さ行《え》つてれ！」

父《ちゝ》はだまつてゐた。

健《けん》はずれさうになる妹《いもうと》をゆすり上《あ》げ、ゆすり上《あ》げ、又外《またそと》へ出《で》た。――半分泣《はんぶんな》いてゐた。それから一時間程《ひとかんほど》して歸《かへ》つてくると、家《いへ》の中《なか》はガランとして、眞中《まんなか》に荷造《にづく》りした行李《かうり》と大《おほ》きな風呂敷包《ふろしきつゝみ》が轉《ころ》がつてゐた。父《ちゝ》と母《はゝ》が火《ひ》の氣《け》のない大《おほ》きく仕切《しき》つた爐邊《ろべ》にだまつて坐《すわ》つてゐた。薄暗《うすぐら》い、赤《あか》ちやけた電燈《でんとう》の光《ひかり》で、父《ちゝ》の頰《ほゝ》がガク〱と深《ふか》くけづり込《こ》まれてゐた。

「早《はや》く暮《く》れてければえゝ……」――獨《ひと》り言《ごと》のやうに云《い》つた。父《ちゝ》だつた。

暗《くら》くなつてから、荷物《にもつ》を背負《せお》つて外《そと》へ出《で》た。峠《たうげ》を越《こ》える時《とき》、振《ふ》りかへると、村《むら》の灯《ひ》がすぐ足《あし》の下《した》に見《み》えた。健《けん》は半分《はんぶん》睡《ねむ》り、父《ちゝ》に引《ひ》きずられながら、歩《ある》いた。暗《くら》い、深《ふか》い谷底《たにそこ》に風《かぜ》が渡《わた》るらしく、それが物凄《ものすご》く地獄《ぢごく》のやうに鳴《な》つてゐた。——健《けん》はそれを小《ちい》さい時《とき》にきいた恐《おそ》ろしいお伽噺《とぎばなし》のやうに、今《いま》でもハッキリ思《おも》ひ出《だ》せる。

「誰《だれ》とも道《みち》で會《あ》はねばえゝな。」——父《ちゝ》は同《おな》じことを十歩《ほ》も歩《ある》かないうちに何度《なんど》も繰《く》りかへした。

五十近《ちか》い父親《ちゝおや》の懐《ふところ》には「移民案内《いみんあんない》」が入《はひ》つてゐた。

道廳《だうちやう》で「その六割《わり》を開墾《かいこん》した時《とき》には、全土地《ぜんとち》を無償《むしやう》で交付《かうふ》する」と云《い》つてゐる土地《とち》は、停車場《ていしやぢやう》から二十里《り》も三十里《り》も離《はな》れてゐた。假《か》りに、其處《そこ》からどんな穀物《こくもつ》が出《で》やうが、その間《あひだ》の運搬費《うんぱんひ》を入《い》れたゞけで、とても市場《しぢやう》に出《だ》せる價格《かかく》に引《ひ》き合《あ》はなかつた。——それに、この北海道《ほくかいだう》の奥地《おくち》は「冬《ふゆ》」になつたら、ロビンソンよりも頼《たよ》りなくなる。食糧《しよくりやう》を得《う》ることも出來《でき》ず、又一冬分《またひとふゆぶん》を豫《あらかじ》め貯《たくは》へておく餘裕《よゆう》もなく、次《つぎ》の春《はる》には雪《ゆき》にうづめられたまゝ、一家《か》餓死《がし》するものが居《ゐ》た。——石狩《いしかり》、上川《かみかは》、空知《そらち》の地味《ちみ》の優良《いうりやう》なところは、道廳《だうちやう》が「開拓資金《かいたくしきん》」の財源《ざいげん》の名《な》によつて、殆《ほと》んど只《たゞ》のやうな價格《かかく》で華族《くわぞく》や大金持《おほがねもち》に何《なん》百町歩《ちやうぶ》づゝ拂下《はらひさ》げてしまつてゐた。「入地百姓《にふちひやくしやう》——移民百姓《いみんひやくしやう》」は、だから呉《く》れるにも貰《もら》ひ手《て》のない泥炭地《でいたんち》の多《おほ》い釧路《くしろ》、根室《ねむろ》の方面《はうめん》だけに限《かぎ》られてゐる。

「開墾補助費《かいこんほじよひ》」が三百圓位《ゑんぐらゐ》まで出《で》るには出《で》た。然《しか》し家族連《かぞくづれ》の移住費《いぢゆうひ》を差引《さしひ》くと、一年《ねん》の開墾《かいこん》にしか從《じう》事《じ》することが出來《でき》なくなる。結局《けつきよく》「低利資金《ていりしきん》」を借《か》りて、どうにか、かうにかやつて行《ゆ》かなければならない。――五年《ねん》も六年《ねん》もかゝつて、やうやくそれが畑《はたけ》か田《た》になつた頃《ころ》には、然《しか》しもう首《くび》ッたけの借《しやく》金《きん》が百姓《ひやくしやう》をギリ〳〵にしばりつけてゐた。

何千町歩《なんぜんちやうぶ》もの拂下《はらひさげ》げをうけた地主《ぢぬし》は、開墾《かいこん》した暁《あかつき》にはその土地《とち》の半分《はんぶん》を無償《むしやう》でくれる約束《やくそく》で、小《こ》作人《さくにん》を入地《にふち》させながら、いざとなると、その約束《やくそく》をごまかしたり、履行《りかう》しなかつた。

健《けん》の父《ちゝ》は二年《ねん》で「入地《にふち》」を逃《に》げ出《だ》してしまつた。「移民案内《いみんあんない》」の大《だい》それた夢《ゆめ》が、ガタ、ガタと眼《め》の前《まへ》で壊《こは》れて行《い》つた。仕方《しかた》のなくなつた父親《ちゝおや》は「岸野農場《きしののうぢやう》」の小作《こさく》に入《はひ》つたのだつた。

「日雇《ひやとひ》にならねえだけ、まだえゝべ。」

村に地主はゐない

何處《どこ》の村《むら》でも、例外《れいぐわい》なく、つぶれかゝつてゐる小作《こさく》の掘立小屋《ほつたてごや》のなかに「鶴《つる》」のやうに、すつきり地主《ぢぬし》の白壁《しらかべ》だけが際立《きはだ》つてゐるものだ。そしてそこでは貧乏人《びんぼふにん》と金持《かねもち》がハッキリ二つに分《わか》れてゐる。

然《しか》し、それはもう「昔《むかし》」のことである。

北海道《ほくかいだう》の農村《のうそん》には、地主《ぢぬし》は居《ゐ》なかつた。――不在《ふざい》だつた。文化《ぶんくわ》の餘澤《よたく》が全然《ぜんぜん》なく、肥料《ひれう》や馬糞《ばふん》の臭《しう》氣《き》がし、腰《こし》が曲《まが》つて薄《うす》汚《ぎたな》い百姓《ひやくしやう》ばかりゐるそんな處《ところ》に、ワザ〲居《ゐ》る必要《ひつえう》がなかつた。そんな氣《き》のきかない、昔型《むかしがた》の地主《ぢぬし》は一人《ひとり》もゐなかつた。——その代《かは》り、地主《ぢぬし》は「農場管理人」をその村《むら》に置《お》いた。だから、彼《かれ》は東京《とうきやう》や、小樽《をたる》、札幌《さつぽろ》にゐて、たゞ「上《あが》り」の計算《けいさん》だけしてゐれば、それでよかつた。——S村《むら》もそんな村《むら》だつた。

岸野農場《きしののうぢやう》の入口《いりぐち》に、たつた一軒《けん》の板屋《いたや》の、トタンを張《は》つた家《いへ》が吉本管理人《よしもとくわんりにん》の家《いへ》だつた。吉本《よしもと》は首《くび》からかぶるジャケツに背廣《せびろ》をひつかけ、何時《いつ》でも乘馬《じやうば》ズボンをはいて歩《ある》いてゐた。

「この村《むら》では、俺《わし》を地主《ぢぬし》だと思《おも》つてもはにやならん。」

初《はじ》めて來《き》たとき、小作《こさく》を集《あつ》めてさう云《い》つた。

S村《むら》——田《た》の所有分布《しよいうぶんぷ》。

二百町歩《ちやうぶ》——S村《むら》所有田《しよいうでん》

百五十町歩《ちやうぶ》——大學《だいがく》所有田《しよいうでん》・「學田《がくでん》」

百二十町歩《ちやうぶ》——吉岡《よしをか》(旭川《あさひがは》)

五百町歩《ちやうぶ》——岸野《きしの》(小樽《をたる》)

二百町歩《ちやうぶ》――馬場《ばば》(函館《はこだて》)
二百十町歩《ちやうぶ》――片山子爵《かたやまししやく》(東京《とうきやう》)
三百町歩《ちやうぶ》――高橋是善《たかはしこれよし》(東京《とうきやう》)
外《ほか》ニ、自作農《じさくのう》五戸《こ》、百五十町歩《ちやうぶ》。

「巡査」と「△の旦那」

市街地《しがいち》には、S村青年團《むらせいねんだん》、S村處女會《むらしよぢよくわい》があつて、小學校隣接地《せうがくかうりんせつち》に「修養倶樂部《しうやうくらぶ》」を設《まう》け、そこで色《いろ》色《いろ》な會合《くわいがふ》や芝居《しばゐ》をやる。――會長《くわいちやう》は校長《かうちやう》。副會長《ふくくわいちやう》には「在鄕軍人分會長《ざいがうぐんじんぶんくわいちやう》」をやつてゐる△荒物屋《あらものや》の主人《しゆじん》。巡査《じゆんさ》。それに岸野農場主《きしののうぢやうしゆ》が名譽相談役《めいよさうだんやく》となつてゐた。――健達《けんたち》の通《かよ》つてゐる「青年訓練所《せいねんくんれんじよ》」も、その「修養倶樂部《しうやうくらぶ》」で毎晩《まいばん》七時《じ》からひらかれてゐた。

巡査《じゆんさ》は一日《にち》置《お》きに自轉車《じてんしや》で、「停車場《ていしやば》のあるH町《まち》」に行《い》つてきた。――おとなしい、小作《こさく》の人達《ひとたち》にも評判《ひやうばん》のいゝ若《わか》い巡査《じゆんさ》だつた。途中《とちう》、よく自轉車《じてんしや》を道端《みちばた》に置《お》き捨《す》てにして、劍《けん》をさげたまゝ、小便《せうべん》をしてゐた。それが田《た》に働《はたら》いてゐる小作達《こさくたち》に見《み》えた。暇《ひま》になると、小作《こさく》の家《いへ》へやつてきて話《はな》して行《い》つた。――然《しか》し一度《ど》岸野《きしの》の小作達《こさくたち》が小作料《こさくれう》のことで、町長《ちやうちやう》へ嘆願《たんぐわん》に出掛《でか》けたことがあつてから、小作人達《こさくにんたち》のところへは、プッつり話《はな》しに來《こ》ないやうになつてしまつた。そのことでは隨分噂《ずゐぶんうはさ》が立《た》つた。「岸野《きしの》から金《かね》でも貰《もら》つたべよ。」と云《い》つた。

以前《いぜん》、殊《こと》に親《した》しくしてゐた健《けん》の母親《はゝおや》はうらんだ。

隨分現金《ずゐぶんげんきん》だな。——然《しか》し石田《いしだ》さんに限《かぎ》つて、そんな「噂《うはさ》」はある筈《はず》がない、と云《い》つてゐた。

石田巡査《いしだじゆんさ》はそれから△や吉本管理人《よしもとくわんりにん》と村道《そんだう》を、肩《かた》をならべて歩《ある》くのが眼《め》につき出《だ》した。


——△の荒物屋《あらものや》からは、どんな小作《こさく》も「店借《たなが》り」をしてゐる。一年《ねん》のうち、きまつた時《とき》しか金《かね》の入《はひ》らない百姓《ひやくしやう》は、どうしても掛買《かけがひ》しか出來《でき》ない。それに支拂《しはらひ》は年《ねん》二回位《くわいぐらゐ》なので、そこをツケ目《め》にされた。現金《げんきん》なら五十錢《せん》に賣《う》り、しかもそれで充分《じうぶん》に儲《まう》けてゐるものを「掛《かけ》」のときには、五十七、八錢《せん》にする。どの品物《しなもの》もさうする。小作人《こさくにん》はそれが分《わか》つてゐて、どうにも出來《でき》ず、結局《けつきよく》そこから買《か》はなければならなかつた。——△は三年《ねん》もしないうちに、メキ〳〵と「肥《こ》えて」行《い》つた。

蜘蛛《くも》の巣《す》を思《おも》はせる様《やう》に、どの百姓《ひやくしやう》も皆《みな》△の手先《てさき》にしつかりと結《むす》びつけられ手繰《たぐ》り寄《よ》せられてゐる。

村《むら》に「信用購買販賣組合《しんようこうばいはんばいくみあひ》」が出來《でき》てから、△との間《あひだ》に問題《もんだい》が起《おこ》つた。——今迄《いままで》とは比《くら》べにならない程安《ほどやす》く品物《しなもの》が買《か》へるので、小作人《こさくにん》は「組合《くみあひ》」の方《はう》へドシ〳〵移《うつ》つて行《い》つた。と、△はだまつてはゐない。――若《も》し「組合《くみあひ》」の方《はう》へ較替《くらがへ》するやうな「恩知《おんし》らず」がゐたら、前《まへ》の借金《しやくきん》がものを云《い》ふぞ、と云《い》ひ出《だ》した。人《ひと》のいゝ小作達《こさくたち》は、さう云《い》はれて、今迄《いまゝで》あんなに氣儘《きまゝ》に借金《しやくきん》をさせて貰《もら》つたのに、それは本當《ほんたう》に忘恩《ばうおん》なことだ、と思《おも》つた。

△は小作人《こさくにん》が金《かね》が支拂《しはら》へないと、米《こめ》や雜穀《ざつこく》でもいゝと云《い》つた。――百姓《ひやくしやう》が町《まち》へ行《い》つて、問屋《とひや》に賣《う》る値段《ねだん》で、それを引《ひ》きとつてくれた。それで△は貸金《かしきん》の回收《くわいしう》をうけると同時《どうじ》に、それを又賣りして、そこから利《り》ざやを――つまり二重《ぢう》に儲《まう》けてゐた。

在郷軍人分會長《ざいがうぐんじんぶんくわいちやう》、衞生部長《ゑいせいぶちやう》、學務《がくむ》何々《なに〳〵》……と、肩書《かたがき》をもつてゐる△の旦那《だんな》のやうになりたい、それが小作人《こさくにん》の「夢《ゆめ》」になつてゐる。――小作人達《こさくにんたち》は道《みち》で、△の旦那《だんな》に會《あ》ふと、村長《そんちやう》や校長《かうちやう》に會《あ》つた時《とき》より、道《みち》をよけて、丁寧《ていねい》に挨拶《あいさつ》した。

「青年訓練所《せいねんくんれんじよ》」では、△の旦那《だんな》が「修養講話《しうやうかうわ》」をやつた。

夜道

健達《けんたち》は、士官《しくわん》の訓練《くんれん》が終《をは》つて、△の「修養講話《しうやうかうわ》」になると、疲《つか》れから居睡《ゐねむ》りをし出《だ》した。「青年《せいねん》の任務《にんむ》」「思想善導《しさうぜんだう》」「農民《のうみん》の誇《ほこり》」…何時《いつ》もチットモ變《かは》らないその講話《かうわ》は、もう誰《たれ》も聞《き》いてゐるものがなかつた。

外《そと》へ出《で》ると、生寢《なまね》の身體《からだ》にゾクッと寒《さむ》さが來《き》た。霧雨《きりあめ》は上《あが》つてゐたが、道《みち》を歩《ある》くと、ヂュク〳〵と澱粉靴《でんぷんぐつ》がうづまつた。空《そら》は暗《くら》くて見《み》えなかつた。然《しか》し頭《あたま》を抑《おさ》へられてゐるやうに低《ひく》かつた。何《なに》かの拍《ひやう》子《し》に、雨《あめ》に濡《ぬ》れた叢《くさむら》がチラ〱ッと光《ひか》つた。

「もう一番終《をは》つたか？」——後《うしろ》から七之助《のすけ》が言葉《ことば》をかけた。

健《けん》はたまらなく眠《ねむ》かつた。「えゝや、まだよ、人手《ひとで》がなくなつてな。」

誰《たれ》かワザと大《おほ》きくあくびをした。

「健《けん》ちやは兵隊《へいたい》どうだべな。」

「ん、行《い》かねかも知《し》らねな。……んでも、萬《まん》一な。」

「その身體《からだ》だら行《い》かねべ。靑訓さなんて來《こ》なくたつてえゝよ。」

すると今迄《いままで》默《だま》つてゐた武田《たけだ》が口《くち》を入《い》れた。——「徴兵《ちようへい》の期間《きかん》ば短《みじか》くするために靑訓《せいくん》さ行《い》ぐんだら、大間違《おほまちが》ひだど！」

初《はじ》まつた、と思《おも》ふと、七之助《のすけ》はおかしかつた。

「あれはな、兵隊《へいたい》さ行《い》ぐものばかりが色々《いろ〱》な訓練《くんれん》を受《う》けて、んでないものは安閑《あんかん》としてるべ、それぢや駄目《だめ》だッてんで、あれば作《つく》つたんだ。兵隊《へいたい》でないものでも、一つの團體規律《だんたいきりつ》の訓練《くんれん》をうける必要《ひつえう》はあるんだからな。」

「所《とこ》で、現時《げんじ》の農村青年《のうそんせいねん》は輕《けい》チョウ浮《ふ》ハクにして、か！……」

七之助《のすけ》が小便《せうべん》しながら、ひやかした。叢《くさむら》の葉《は》に、今迄《いままで》堪《こら》えてゐたやうな小便《せうべん》が、勢《いきほひ》よくバヂャバチャと當《あた》る音《おと》がした。

「ん。」――武田《たけだ》が眞面目《まじめ》にうなづいた。

恐《おそ》らく、どんな勞働者《らうどうしや》よりも朝早《あさはや》くから、腰《こし》を折《を》りまげて働《はたら》いてゐる百姓《ひやくしやう》が、都會《とくわい》の場末《ばすゑ》に巣喰《すく》つてゐる朝鮮人《てうせんじん》よりも慘《みじ》めな生活《せいくわつ》をしてゐる。それでも農村《のうそん》の青年《せいねん》は「輕《けい》チョウ浮《ふ》ハク」だらうか。――これ以上《いじやう》働《はたら》かして、それでどうしようといふのだ。――健《けん》は、出鱈目《でたらめ》を云《い》ふな、と思《おも》つた。

「七《しつ》ちや、小樽《をたる》行《ゆ》きまだか。」

「ん、もうだ。」

「もうか？」

又《また》、七之助《のすけ》とも離《はな》れてしまはなければならないか、と思《おも》ふと、健《けん》は淋《さび》しかつた。――健《けん》の好《す》きなキヌも札幌《さつぽろ》へ出《で》て行《い》つてゐた。製麻會社《せいまくわいしや》の女工《ぢよこう》に募集《ぼしふ》されて行《い》つたのだつた。然《しか》し、それが一年《ねん》しないうちに、バアの女給《ぢよきふ》をしてゐるといふ噂《うはさ》になつて、健《けん》の耳《みゝ》に戻《もど》つてきた。

……話《はなし》が途切《とぎ》れると、泥濘《でいねい》を歩《ある》く足音《あしおと》だけが耳《みゝ》についた。田《た》の水面《みづも》が、暗《くら》い硝子板《がらすいた》のやうに光《ひか》つてみえた。

七之助《のすけ》はとりとめなく、色々《いろ〳〵》な歌《うた》の端《はし》だけを、口笛《くちぶえ》で吹《ふ》きながら歩《ある》いてゐた。七之助《のすけ》も何《なに》か考《かんが》へ事《ごと》をしてゐる。

「三吾《ご》の田《た》、出《で》が惡《わる》いな。」――七之助《のすけ》が蹲《しやが》んで、莖《くき》をむしつた。

「三吾《ご》も不幸《ふかう》ばかりだものよ。」

――三吾《ご》が自分《じぶん》のでもない泥炭地《でいたんち》の田《た》を、どうにか當《あた》り前《まへ》にしやうと、無理《むり》に、體《からだ》を使《つか》つた。そして二度《ど》「村役場《むらやくば》」と「道廳《だうちやう》」から表彰《へうしやう》された。「農夫《のうふ》として、その勤勉力行《きんべんりきかう》は範《はん》とするに足《た》る」と云《い》はれた。岸野《きしの》が道廳《だうちやう》へ表彰方《へうしやうかた》を申請《しんせい》したのだつた。

その額椽《がくぶち》を、天井裏《てんじやううら》のない煤《すゝ》けた家《いへ》の中《なか》に掛《か》けた日《ひ》から、二タ月《つき》もしないうちに、三吾《ご》は寝《ね》がへりも出來《でき》ない程《ほど》の神經痛《しんけいつう》にかゝつてしまつた。痛《いた》みは寝《ね》ると夜明《よあ》け迄續《までつゞ》いた。三吾《ご》は藁束《わらたば》のやうにカサカサに乾《ほ》しからびて、動《うご》けなくなつてしまつた。――毎日《まいにち》「表彰狀《へうしやうじやう》」だけを見《み》てゐた。

それは然《しか》し、三吾《ご》ばかりでない。――東三線《せん》の伊藤《いとう》のおかみさんは、北海道《ほくかいだう》の冷《つめ》たい田《た》に、あまり入《はひ》り過《す》ぎたので、三月《つき》も腰《こし》を病《や》んで、それからは腰《こし》が浮《う》かんで、何時《いつ》でも歩《ある》くときは、ひどい跛《ひつこ》のやうに振《ふ》つた。

吉本管理人《よしもとくわんりにん》の家《いへ》へ、何《なに》かで集《あつ》まることがある。彼等《かれら》はどれもみんな巌丈《がんぢやう》な骨節《ほねぶし》をし、厚《あつ》い掌《てのひら》をしてゐるが、腰《こし》が不恰好《ぶかつかう》にゆがんだり、前《まへ》こゞみであつたり、――何處《どこ》か不具《かたわ》だつた。みんなさうだつた。

市街地《しがいち》の端《はし》から、武田《たけだ》が別《わか》れてアゼ道《みち》に入《はひ》つて行《い》つた。

「健《けん》ちや、武田《たけだ》の野郎《やらう》やつぱり△さ出入《でい》りしてるとよ。」

口笛《くちぶえ》をやめて、すぐ七之助《しちのすけ》が云《い》つた。

「んか……」

「お前《めえ》、それから岸野《きしの》がワザ〳〵小樽《をたる》から出《で》てきて、とッても青訓《せいくん》や青年團《せいねんだん》さ力瘤《ちからこぶ》ば入《い》れてるッて知《し》らねべ。」

「んか?」

「阿部《あべ》さんや伴《ばん》さんが云《い》つてたど。――キット魂膽《こんたん》があるッて。」

「ん?」――健《けん》にはそれがハッキリ分《わか》らなかつたが――何《なに》か分《わか》る氣持《きもち》がした。

「熱ツ、熱ツ、熱ツ!!」

健《けん》は足《あし》を洗《あら》ひに、裏《うら》へ廻《まは》つた。濕《しめ》つた土間《どま》の土《つち》が、足裏《あしうら》にペタ〳〵した。物音《ものおと》で、家《うち》の中《なか》から、

「健《けん》かァ――?」と母親《はゝおや》が訊《き》いた。

「う。」――口《くち》の中《なか》で返事《へんじ》をしながら、裾《すそ》をまくつて、上《あが》り端《はな》に腰《こし》を下《おろ》した。――厩《まや》の中《なか》から、ムレた敷藁《しきわら》の匂《にほ》ひがきた。

由三《よしぞう》はランプの下《した》に腹這《はらは》ひになつて、兩脛《りやうすね》をバタ〳〵動《うご》かしながら、五、六枚《まい》しかついてゐないボロ〳〵の繪本《ゑほん》を、指《ゆび》を嘗《な》め〳〵頁《ページ》を繰《く》つてゐた。

「姉《あね》、こゝば讀《よ》んでけれや。」

由三《よしぞう》は爐邊《ろはた》でドザを刺《さ》してゐた姉《あね》の肱《ひぢ》をひいた。

「馬鹿《ばか》ッ！」

姉《あね》はギクッとして、縫物《ぬひもの》をもつたまゝ指《ゆび》を口《くち》に持《も》つて行《い》つて吸《す》つた。「馬鹿《ばか》ッ！　針《はり》ば手《て》に刺《さ》した！」

由三《よしぞう》は首《くび》を縮《ちゞ》めて、姉《あね》の顏《かほ》を見《み》た。――「な、姉《あね》、この犬《いぬ》どうなるんだ？」

「姉《あね》なんか分《わか》らない。」

「よオ――」

「うるさい！」

「よオ――たら！――んだら、惡戲《いたづら》するど！」

健《けん》は爐邊《ろはた》に大《おほ》きく安坐《あぐら》をかいて坐《すわ》つた。指《ゆび》を熊手《くまで》にして、ゴシ〳〵頭《あたま》をかいた。

家《いへ》の中《なか》は、長《なが》い間《あひだ》の焚火《たきび》のために、天井《てんじやう》と云《い》はず、羽目板《はめいた》と云《い》はず、ニヤ〳〵と黒光《くろびか》りに光《ひか》つてゐた。天井《てんじやう》に渡《わた》してある梁《はり》や丸太《まるた》からは、長《なが》い煤《すゝ》が幾《いく》つも下《さが》つてゐて、それが下《した》からの焚火《たきび》の火勢《くわせい》や風《かぜ》で揺《ゆ》れた。——ランプは眞中《まんなか》に一つだけ釣《つ》つてある。ランプの丸《まる》い影《かげ》が天井《てんじやう》の裸《はだか》の梁木《はりぎ》に光《ひかり》の輪《わ》をうつした。ランプが動《うご》く度《たび》に、その影《かげ》がユラ〳〵と揺《ゆ》れた。誰《たれ》かゞランプの側《そば》を通《とほ》ると、障子《しやうじ》のサンヽヽで歪《ゆが》んだ黒《くろ》い影《かげ》が、大《おほ》きく窓《まど》を横切《よこぎ》つた。ランプは始終《しじう》ヂイ〳〵と音《おと》をさせて、油《あぶら》を吸《す》ひ上《あ》げた。時々《ときどき》明《あか》るくなつたかと思《おも》ふと、吸取紙《すひとりがみ》にでも吸《す》はれるやうに、すウと暗《くら》くなつた。

「さつきな、阿部《あべ》さんと伴《はん》さん來《き》てたど。」

「ン——何《な》んしに？」

「なア、兄《あん》ちや、犬《いぬ》ど狼《おほかみ》どどつちが强《つ》えんだ。——犬《いぬ》だな。」

「道路《だうろ》のごとでな。今年《ことし》も村費《そんぴ》が出《で》ねんだとよ。」

「今年《ことし》もか——何《な》んのための村費道路だんだ。馬鹿《ばか》にする。又秋《またあき》、米《こめ》ば運《はこ》ぶに大《たい》した費用《いり》だ……」

「兄《あん》ちや、犬《いぬ》の方《はう》强《つ》えでアな！」

「んで、どうするツて？」

「暇《ひま》ば見《み》て、小作人《こさくにん》みんな出《で》て直《なほ》すより仕方《しかた》が無《ね》えべど。——村《むら》に金《かね》無《ね》えんだから。」

「犬《いぬ》だなア、兄《あん》ちゃ……」

「うるさいッ！」いきなり怒鳴《どな》りつけた。――「又小作《またこさく》いぢめだ！　弱味《よわみ》をつけ込《こ》んでやがるんだ。放《ほ》つてけば、どうしたつて困《こま》るのア小作《こさく》だ。んだら、キット自分《じぶん》の費用《ひよう》でやり出《だ》すだらうッて、待《ま》つてやがつたんだ。――村會議員《そんくわいぎゐん》なんて、皆地主《みなぢぬし》ばかりだ。勝手《かつて》なことばかりするんだ。」

S村《むら》で、以前《いぜん》、村役場《むらやくば》に對《たい》して小作爭議《こさくさうぎ》を起《おこ》したことがあつた。北海道《ほくかいだう》は町村《ちやうそん》が澤山《たくさん》の田畑《たはた》を所有《しよいう》してゐて、それに小作《こさく》を入地《にふち》させてゐた。それで、よく村相手の爭議が起《おこ》つた。――然《しか》しS村《むら》の村會《そんくわい》議員《ぎゐん》が全部地主《ぜんぶぢぬし》であつたゝめに、後《あと》のこともあり、又《また》やがては自分達《じぶんたち》の方《はう》への飛火《とびひ》をも恐《おそ》れて、頑強《ぐわんきやう》に對峙《たいぢ》してきたゝめに、慘《みじ》めに破《やぶ》れたことがあつた。

「明日吉本《あすよしもと》さんの處《とこ》さでも集《あつま》つて、相談《さうだん》すべアつて。」

おはぐろの塗《ぬ》りのはげた母親《はゝおや》の、並《なら》びの惡《わる》い齒《は》の間《あひだ》に、飯《めし》が白《しろ》く殘《のこ》つてゐた。

「…………」

健《けん》は鹽鰤《しほぶり》の切《きれ》はしを、せッかちにジュウ、ジュウ燒《や》いて、眞黒《まつくろ》い麥飯《むぎめし》にお湯《ゆ》をかけ、ザブ／＼かッこんだ。

風《かぜ》が出《で》てきたらしく、ランプが輕《かる》く搖《ゆ》れた。後《うしろ》の泥壁《どろかべ》に大《おほ》きくうつてゐる皆《みな》の影《かげ》が、その度《たび》に、あやつられるやうに延《の》びたり、ちゞんだりした。

由三《よしざう》は焚火《たきび》に兩足《りやうあし》をたてゝ、うつら〳〵してゐた。

「母《はゞ》、いゝたこッて何《な》んだ？——山利《やまり》さいゝたこ來《き》てな、今日《けふ》お父《ど》ばおろして貰《もら》つたけな、お父《ど》今死《えまし》んで、火《ひ》の苦《くる》しみば苦《くる》しんでるんだとよ。」

「本當《ほんたう》か？」

「いゝたこッて婆《ばゞ》だべ、いゝたこ婆《ばゞ》ッてんだべ。——いたこ婆《ばゞ》さ上《あ》げるんだッて、山利《やまり》で油揚《あぶらあげ》ばこしらへてたど。」

「お稲荷樣《いなりさま》だべ。」

「お稲荷樣《いなりさま》ッて狐《きつね》だべ。んだべ！」——由三《よしざう》が急《きふ》に大《おほ》きな聲《こゑ》を出《だ》した。

「ん。」

「んだべ、なァ！」——獨《ひと》り合點《がつてん》して、「勝《かつ》ところの芳《よし》な、犬《いぬ》ばつれて山利《やまり》さ遊《あそ》びに行《え》つたら、とオても怒《おこ》られたど。」

「さうよ。——勿體《もつたい》ない！」

「山利《やまり》の母《はゞ》な、お父《ど》ば可哀相《かあいさう》だつて、眼《め》ば眞赤《まつか》にして泣《な》いてたど。」

「んだべ、んだべ、可哀相《かあいさう》に！」

「な、兄《あん》ちや、狐《きつね》……」――瞬間《しゆんかん》、爐《ろ》の火《ひ》がパチ〳〵ッと勢《いきほひ》よくハネ飛《と》んだ。それが由三《よしぞう》の小《ちひ》さいへようたん形《がた》のチンポへ飛《と》んだ。

「熱《あつ》ツ、熱《あつ》ツ、熱《あつ》ツ!!……」

由三《よしぞう》はいきなり繪本《ゑほん》を投《な》げ飛《と》ばすと、後《うしろ》へひつくりかへつて、着物《きもの》の前《まへ》をバタ〳〵とほろつた。泣《な》き聲《ごゑ》を出《だ》した。「熱《あつ》ツ、熱《あつ》ツ!!」

「ホラ、見《み》れ！ そつたらもの向《む》けてるから、火《ひ》の神樣《かみさま》に罰《ばち》が當《あた》つたんだ。馬鹿《ばか》！」

姉《あね》のお惠《けい》が、物差《ものさ》しで自分《じぶん》の背中《せなか》をかきながら、――「その端《さき》なくなつてしまへば、えゝんだ。」と、ひやかした。

「えゝッ、糞《くそ》ッ！ 姉《あね》の白首《こけ》！」

ベソをかきながら、由三《よしぞう》が喰《く》つてかゝつた。聞《き》いたことのない惡態口《あくたいぐち》に、皆思《みなおも》はず由三《よしぞう》をみた。

母親《はゝおや》がいきなり、由三《よしぞう》の小《ちひ》さい固《かた》い頭《あたま》を、平手《ひらて》でバチ〳〵なぐりつけた。

「兄《あん》ちや、由《よし》この頃《ごろ》どこから覺《お》べえて來《く》るか、こつたら事《こと》ばかり云《い》ふんだど！」

お惠《けい》は背中《せなか》に物差《ものさ》しをさしたまゝの恰好《かつかう》で、フイに顏色《かほいろ》をかへた。それが見《み》る〳〵こはばつて行《い》つた。

と、お惠《けい》は、いきなり、由三《よしぞう》を物差《ものさ》しで毆《なぐ》りつけた。ギリ〳〵と齒《は》をかみながら、ものも云《い》はずに。物差《ものさ》しがその度《たび》に、風《かぜ》を切《き》つて、鳴《な》つた。――そして、それから自分《じぶん》で、ワアッ！と泣《な》き出《だ》してしまつた……

明日《あす》は三時《じ》半頃《はんごろ》から田《た》へ出《で》て、他《ほか》の人《ひと》より遲《おく》れてゐる一番草《ばんぐさ》を刈《か》り上《あ》げてしまはなければならない。――健《けん》は、然《しか》し、寢《ね》むれなかつた。表《おもて》を誰《たれ》かペチャ〳〵と足音《あしおと》をさして、通《とほ》つて行《い》つた。健《けん》は起《お》き上《あが》つた。ランプの消《き》えた暗《くら》い土間《どま》を、足先《あしさき》で探《さぐ》りながら、臺所《だいどころ》へ下《お》りて行《い》つた。水甕《みづがめ》から、手《て》しやくで、ゴクリ〳〵のどをならしながら、水《みづ》を飲《の》んだ。厩小屋《うまごや》から、尻毛《しりげ》でビシリ〳〵馬《うま》が身體《からだ》を打《う》つてゐる音《おと》が聞《きこ》えた。

夜着《よぎ》をかぶると、間《ま》もなく、ねぢのゆるんだ、狂《くる》つた柱時計《はしらどけい》が間《ま》を置《お》きながら、ゆつくり七つ打《う》つた。

二

「S相互扶助會」發會式

正面《しやうめん》の一段《だん》と高《たか》いところには「、、、、」の寫眞《しやしん》がかゝつてゐた。「修養倶樂部《しうやうくらぶ》」の壁《かべ》には、その外《ほか》「乃木大將《のぎたいしやう》」「西郷大先生《さいがうだいせんせい》」「日露戰爭《にちろせんさう》」「血染《ちぞめ》のボロ〳〵になつた聯《れん》隊旗《たいき》」などの寫眞《しやしん》が、額《がく》になつてかゝつてゐた。演壇《えんだん》の左側《ひだりがは》には、拂下《はらさ》げをうけた、古《ふる》ぼけた舊式《きうしき》な鐵砲《てつぱう》が三挺組合《ちやうくみあは》せて飾《かざ》つてある。――乃木大將《のぎたいしやう》の話《はなし》は百姓《しやう》は何度《なんど》きいても飽《あ》きなかつた。

演壇《えんだん》には「S相互扶助會《さうごふじよくわい》」發會式《はつくわいしき》の順序《じゆんじよ》と、その兩側《りやうがは》に少《すこ》し離《はな》して、この會《くわい》が主旨《しゆし》とする所《ところ》の標語《へうご》が貼《は》り出《だ》されてゐた。

海田山林の開發より
心田を開拓せよ！

强靭なる獨立心と
服從の美德と
協同の精神へ！

會《くわい》が終《をは》つてから、「一杯《はい》」出《で》るといふ先觸《さきぶれ》があつたので、何時《いつ》になく澤山《たくさん》の百姓《しやう》が集《あつま》つてゐた。「停《てい》車場《しやば》のあるH町《まち》」からも來《き》てゐた。大概《たいがい》の小作《こさく》は、市街地《しがいち》の旦那《だんな》やH町《まち》の旦那《だんな》から「一年《ねん》」「二年《ねん》」の借金《しやくきん》があるので、一々挨拶《あいさつ》して歩《ある》かなければならなかつた。

小作《こさく》が挨拶《あいさつ》に行《ゆ》くと、米穀問屋《べいこくどんや》の主人《しゆじん》は大様《おほやう》にうなづいた。

「今年《ことし》はどうだ？」

「えゝ、まア、今《いま》のところは、えゝ、お蔭様《かげさま》で……」

小作《こさく》は腰《こし》をかゞめて、一言々々《ひとこと〳〵》に頭《あたま》をさげた。——それが阿部《あべ》や健《けん》たちの居《ゐ》る處《ところ》から一々見《み》える。健《けん》も借金《しやくきん》があつた。こんな時《とき》に、一寸《ちよつと》挨拶《あいさつ》して置《お》けば、都合《つがふ》がよかつた。それに若《も》し今年兵隊《ことしへいたい》にとられるやうな事《こと》になれば、病身《びやうしん》の父《ちゝ》や女《をんな》の手《て》ばかりの後《あと》のことでは、キット世話《せわ》にならなければならない。——健《けん》はフトその側《そば》を通《とほ》りかゝつた、といふ風《ふう》にして挨拶《あいさつ》した。——挨拶《あいさつ》をしてから、然《しか》し自分《じぶん》で眞赤《まつか》になつた。健《けん》は「模範小作《もはんこさく》」だつたので、⌈△⌉の旦那《だんな》も心《こゝろ》よく挨拶《あいさつ》を返《かへ》してくれた。

會場《くわいぢやう》の中《なか》は、自然《しぜん》に、各農場別《かくのうぢやうべつ》に一《ひと》かたまり、一《ひと》かたまり坐《すわ》らさつた。お互《たがひ》が車座《くるまざ》になつて、話《はな》し込《こ》んでゐる。——小作達《こさくたち》は仲々《なか〳〵》から一緒《しよ》になれる機會《きくわい》がなかつた。無骨《ぶこつ》な、日燒《ひや》けした手《て》や首筋《くびすぢ》が、たまにしか着《き》ない他所《よそ》行《い》きの着物《きもの》と不釣合《ふつりあひ》に、目立《めだ》つた。裂目《さけめ》の入《はい》つた、ゴワ〳〵した掌《てのひら》に、吸殼《すひがら》をころがしながら、嫁《よめ》のこと、稲《いね》の出揃《でそろ》ひのこと、靑豌豆《あをゑんどう》のこと、小豆《あづき》のこと、天氣《てんき》のこと、暮《くら》しのこと、旦那《だんな》のこと……何《な》んでも話《はな》し合《あ》つた。

——かういふ會《くわい》の時《とき》は卷煙草《まきたばこ》を吸《す》ふものだとしてゐる小作《こさく》が、持《も》ちなれない手《て》つきで、「バット」を吸《す》つてゐた。

夜遊《よあそ》びに、町《まち》へ自轉車《じてんしや》で出掛《でか》けたり、始終村《しじうむら》の娘達《むすめたち》と噂《うはさ》を立《た》てゝゐる若《わか》いものは、その仲間《なかま》だけ隅《すみ》の方《はう》に陣取《ぢんど》つて、人《ひと》を馬鹿《ばか》にしたやうな大聲《おほごゑ》を出《だ》して、しきりなしに笑《わら》つてゐた。女の話をしてゐた。伊達《だて》に眼鏡《めがね》をかけたり、黒絹《くろぎぬ》の首《くび》ハンカチを卷《ま》いたりしてゐる。然《しか》し青年團《せいねんだん》の仕事《しごと》や「お祭《まつ》り」の仕度《したく》などでは、娘達《むすめたち》とフザけられるので、それ等《ら》は先《さき》に立《た》つて、よく働《はたら》いた。

子供達《こどもたち》は「鬼《おに》」をやつて、走《はし》り廻《まは》つてゐた。大人達《おとなたち》を飛《と》び越《こ》え、いきなりのめり込《こ》んだり——坐《すわ》つてゐる大人《おとな》を、まるで叢《くさむら》のやうに押《お》しわけて、夢中《むちう》で騷《さわ》いでゐた。時々《ときどき》、大聲《おほごゑ》で怒鳴《どな》られる。が、すぐ又《また》キヤツ〳〵と馳《か》け出《だ》す。……煙草《たばこ》の煙《けむり》がコメて、天井《てんじやう》の中央《まんなか》に雲《くも》のやうに、層《そう》をひいてゐた。

「阿部さん」

「小樽《おたる》さ行《え》ぐごとに決《き》まつたど。」

阿部《あべ》と一緒《しよ》に七之助《のすけ》がゐて、健《けん》を見《み》ると云《い》つた。

「工場《こうば》さ入《はい》るんだ。——伯母《おば》小樽《おたる》にゐるしな。……んでもな、健《けん》ちや、俺《おれ》あれだど、百姓嫌になつたとか、ひと出世《しゆつせ》したいとか、そんな積《つも》りでねえんだからな。――阿部《あべ》さんどよく話《はな》したんだども、少《すこ》しな考《かんが》へるどこもあるんだ……」

「ん……」――健《けん》は分《わか》つてゐた。

「村《むら》を出《で》れば、案外《あんぐわい》、村《むら》が分《わか》るもんだからな。」

阿部《あべ》が何時《いつ》もの低《ひく》い、ゆるい調子《てうし》で云《い》つた。――農場《のうぢやう》で何《なに》かあると、それが子供《こども》を産《う》んだとか、死《し》んだとか、といふことから、小作調停《こさくてうてい》、小作料《こさくれう》の交渉《かうせう》まで、キット皆《みな》「阿部《あべ》さん」を頼《たの》んだ。足《あし》を使《つか》つてもらつた。――四十を一つ、二つ越《こ》してゐた。荒々《あらあら》しい動作《どうさ》も、大《おほ》きな聲《こゑ》も出《だ》さない、もどかしい程温《ほどおとな》しい人《ひと》だつた。

何時《いつ》でも脣《くちびる》を動《うご》かさないで、ものを云《い》つた。

「阿部《あべ》さんは隅《すみ》ッこにゐれば、一日中《にちぢう》ゐたッて誰《たれ》も氣付《きづ》かねべし、阿部《あべ》さんも默《だま》つて坐《すわ》つてるべ。」――七之助《のすけ》がよく笑《わら》つた。

村《むら》では、四人《にん》も五人《にん》も家族《かぞく》を抱《かゝ》へて働《はたら》いてゐる四、五十位《ぐらゐ》の小作人《こさくにん》の方《はう》が、遊《あそ》びたい盛《さか》りのフラフラな若《わか》い者達《ものたち》より、生活《くらし》のことではずッと、ずッと強《つよ》い氣持《きもち》をもつてゐる。――小作爭議《こさくさうぎ》の時《とき》など、農民組合《のうみんくみあひ》で働《はたら》いてゐる若《わか》い人《ひと》は別《べつ》として何處《どこ》でも一番先《ばんさき》に立《た》つて働《はたら》くのは、その年《とし》の多《おほ》い小作《こさく》だつた。――阿部《あべ》はその一人《ひとり》だつた。

阿部《あべ》は旭川《あさひがは》の農民組合《のうみんくみあひ》の人達《ひとたち》が持《も》つてくる「組合《くみあひ》ニュース」や「無産者新聞《むさんしやしんぶん》」を、田《た》から上《あが》つた足《あし》も洗《あら》はないで、床《ゆか》を低《ひく》く切《き》り下《さ》げて据付《すゑつ》けてあるストーヴに、いざり寄《よ》つて讀《よ》んだ。丹念《たんねん》に、一枚《まい》の新聞《ぶん》を何日《なんにち》もかゝつて、一字《じ》〳〵豆粒《まめつぶ》でも拾《ひろ》ふやうに讀《よ》んでゐた。壊《こは》れた、絲《いと》でつないだ眼鏡《めがね》を、その時《とき》だけかけた。

彼《かれ》が畔道《あぜみち》を、赤《あか》くなつてツバの歪《ゆが》んだ麥稈帽子《むぎわらばうし》をかぶり、心持《こゝろもち》腰《こし》を折《を》つて、ヒョコ〳〵歩《ある》いてゐるのを見《み》ると、吉本管理人《よしもとくわんりにん》ではないが、「あんな奴《やつ》が楯《たて》をつくなんて！」考《かんが》へられなかつた。

模範青年

「見《み》れ、武田《たけだ》の野郎《やらう》、赤《あか》い徽章《きしやう》ば胸《むね》さつけて、得意《とくい》になつて、やつてる、やつてる！」

七之助《のすけ》が演壇《えんだん》の方《はう》を顎《あご》でしやくつた。――阿部《あべ》はだまつて笑《わら》つてゐた。

「な、健《けん》ちや、青年同盟《せいねんどうめい》だ、相互扶助會《さうごふじよくわい》だなんて云《い》へば、奇妙《きめう》にあのガキ〳〵の武田《たけだ》と女《をんな》たらしの、ニヤケ連中《れんちう》が赤《あか》い徽章《きしやう》ばつけて、走《はし》つて歩《ある》くから面白《おもしろ》いんでないか。――健《けん》ちやみだいな模範青年《もはんせいねん》やるとえゝにな。」

健《けん》はひよいと暗《くら》い顔《かほ》をした。

「笑談《じやうだん》だ、笑談《じやうだん》だ！　ハ、、、、、。」
——健《けん》は役場《やくば》から模範青年《もはんせいねん》として、表彰《へうしやう》されてゐた。その頃《ころ》は、まだ丈夫《ぢやうぶ》だつた父親《ちゝおや》が「表彰狀《へうしやうじやう》」をもつて、どうしていゝか自分《じぶん》でも分《わか》らず、家《うち》のなかをウロ〳〵したことを覺《おぼ》えてゐる。——健《けん》も自分《じぶん》の努力《どりよく》が報《むく》ひられたと思《おも》ひ、嬉《うれ》しかつた。

ところが一寸《ちよつと》經《た》つて、健《けん》と少學校《せうがくかう》が一緒《しよ》だつた町役場《まちやくば》に出《で》てゐる友達《ともだち》が、健《けん》に云《い》つた。——近頃農《ちかごろのう》村青年《そんせいねん》がともすれば「過激《くわげき》な」考《かんが》へに侵《おか》され勝《がち》で、土地《とち》を何百町歩《なんびやくちやうぶ》も持《も》つてゐる地主《ぢぬし》は困《こま》りきつてゐる。丁度《ちやうど》村《むら》に來《き》てゐた岸野《きしの》と吉岡《よしをか》が、町役場《まちやくば》で、そんなことで相談《さうだん》したのを給仕《きふじ》であるその友達《ともだち》が聞《き》いたのだつた。

「表彰《へうしやう》でもして、——情《じやう》の方《はう》から抑《おさ》へつけて、喜《よろこ》んで働《はたら》かして置《お》かないと、飛《と》んでもなく、なる。」吉岡《よしをか》がさう云《い》つた。

「少《すこ》し張《は》り込《こ》んで、金箔《きんぱく》を塗《ぬ》つた立派《りつぱ》な表彰狀《へうしやうじやう》を出《だ》してさ、授與式《じゆよしき》をワザと面倒臭《めんだうくさ》く、おごそかにすれば、もう彼奴等《あいつら》土百姓《どびやくしやう》はわけもなくころりさ。」——さう云《い》つたのが岸野《きしの》だと云《い》ふのだつた。

——まさか!?

校長《かうちやう》を信頼《しんらい》してゐた健《けん》が、そのことを直《す》ぐ校長《かうちやう》に話《はな》してみた。

「そんな馬鹿《ばか》な、理窟《りくつ》の通《とほ》らない話《はなし》なんかあるものか。お前《まへ》さんが親孝行《おやかうかう》だし、人《ひと》一倍《ばい》一生懸命《しやうけんめい》に働《はたら》くからさ。」と云《い》つた。――健《けん》だつて、それはさうだらう、と思《おも》つた。

阿部《あべ》だけは、地主《ちぬし》やその手先《てさき》の役場《やくば》の、とても上手《うま》い奸策《かんさく》だと云《い》つた。

「もう少《すこ》し喰《く》へなくなれば、模範青年《もはんせいねん》ツて何《な》んだか、よく分《わか》るえんになる。」

――皆《みな》ねたんでゐる！――健《けん》はその當時《たうじ》は阿部《あべ》に對《たい》してさへさう思《おも》つた。

然《しか》し、健《けん》は、父親《ちゝおや》の身體《からだ》が變《へん》になり、働《はたら》きが減《へ》り、いくら働《はたら》いても（不作《ふさく》の年《とし》でも！）それがゴソリゴソリと地主《ちぬし》に取《と》り上《あ》げられて行《ゆ》くのを見《み》ると、もとはちつともさうでなかつたのに、妙《めう》に投《な》げやりな、底寒《そこさむ》い氣持《きもち》になつた。切りがない、と思《おも》はさつた。――「何《な》んだい模範青年《もはんせいねん》が！」――阿部《あべ》の云《い》つたことが、思《おも》ひ當《あた》つてきた。

それから健《けん》は、誰《だれ》にでも「模範青年《もはんせいねん》」と云《い》はれると、眞赤《まつか》になつた。

「武田」

會《くわい》が始《はじ》まつた。

「開會《かいくわい》の辭《じ》」で武田《たけだ》が出《で》た。如何《いか》にも武田《たけだ》らしく演壇《えんだん》に、兵隊人形《へいたいにんぎやう》のやうに直立《ちよくりつ》して、演說《えんぜつ》でもするやうに、固《かた》ツ苦《くる》しい聲《こゑ》で始《はじ》めた。聞《き》きなれない、面倒《めんだう》な熟語《じゆくご》が、釘《くぎ》ツ切《き》れのやうに百姓《ひやくしやう》の耳朶《みゝたぶ》を打《う》つた。

――……この危機《きき》にのぞみ、我々《われ〳〵》一同《どう》が力《ちから》を合《あは》せ、外《ほか》、過激思想《くわげきしさう》、都會《とくわい》の頽風《たいふう》と戰《たゝか》ひ、内《うち》、剛毅《がうき》、相互扶助《さうごふじよ》の氣質《きしつ》を養《やしな》ひ、もつて我《わが》S村《むら》の健全《けんぜん》なる發達《はつたつ》を圖《はか》りたい微意《びい》であるのであります。

――……なほ、此度《このたび》は旭川師團《あさひかはしだん》より渡邊大尉殿《わたなべたいゐどの》の御來臨《ごらいりん》を辱《かたじけな》ふし、農場主側《のうぢやうしゆがは》よりは吉岡幾三郎氏《よしをかいくさぶらうし》代理《だいり》として松山省一氏《まつやましやういちし》、小作方《こさくかた》よりは不肖《ふせう》私《わたくし》が出席《しゆつせき》し、こゝに協力一致《けふりよくいつち》、擧村圓滿《きよそんゑんまん》の實《じつ》をあげたいと思《おも》ふのであります。

七之助《のすけ》は聞《き》きながら、一《ひと》つ、一《ひと》つ武田《たけだ》の演説《えんぜつ》を滑稽《こつけい》にひやかして、揚足《あげあし》をとつた。

「武田《たけだ》の作《さく》ちやも偉《えら》くなつたもんだな。――惡たれだつたけ。」

健《けん》の前《まへ》に坐《すわ》つてゐる小作《こさく》だつた。――「餘《よ》ッ程《ほど》、勉學《べんがく》したんだべ！」

七之助《のすけ》が「勉學《べんがく》」といふ言葉《ことば》で、思《おも》はず、ブウッ！とふき出《だ》してしまつた。

「大《たい》した勉學だ。――「ム」と地主《ぢぬし》さん喜《よろこ》ぶべ。圓滿《ゑんまん》々々《〳〵》、天下泰平《てんかたいへい》。」

健《けん》とちがつて、前《まへ》から七之助《のすけ》にはさういふ處《ところ》がある。洒落《しやれ》やひやかしが、百姓《ひやくしやう》らしくなく、氣持《きもち》のいゝ程《ほど》切《き》れた。

「地主代理」

地主代理《ぢぬしだいり》は思《おも》ひがけない程《ほど》子供《こども》らしい、細《ほそ》い聲《こゑ》を出《だ》した。それに話《はな》しながら、何《なん》かすると、ひよい

〵鼻《はな》の側《そば》に手《て》を上《あ》げた。それが百姓達《ひやくしやうたち》には妙《めう》に「人物《じんぶつ》」を輕《かる》く見《み》させた。七之助《のすけ》は、そら七ッ、そら十一だ、そら又《また》、……と、數《かぞ》へて笑《わら》はせた。——地主《ぢぬし》と小作人《こさくにん》は「親《おや》と子《こ》」といふが、そんなに離《はな》れたものでなしに、「頭腦《あたま》と手《て》」位《くらゐ》に緊密《きんみつ》なもので、お互《たがひ》がキッチリ働《はたら》いて行《ゆ》かなければ、この日本《にほん》を養《やしな》つて行《ゆ》くべき大切《たいせつ》な米《こめ》が出來《でき》なくなつてしまふ。他所《よそ》では、此頃《このごろ》よく「小作爭議《こさくさうぎ》」のやうな不祥事《ふしやうじ》を惹起《ひきおこ》してゐるが、この村だけはそんな事《こと》のないやうに、その意味《いみ》でだけでも、この新《あらた》に出來《でき》た組合《くみあひ》が大《おほ》いに働《はたら》いて貰《もら》ひたい。……地主代理《ぢぬしだいり》は時々《ときどき》途中筋道《とちうすぢみち》をなくして、ウロ〳〵しながら、そんな事《こと》を云《い》つた。

「分《わか》りました。んだら、もう少《すこ》し小作料《こさくれう》は負《ま》けて貰《もら》ひたいもんですなア——」

誰《だれ》か滑稽《こつけい》に云《い》つた。——皆後《みなうしろ》を振《ふ》りむいて、どッと笑《わら》つた。

「佐々爺」

かういふ會《くわい》があると、「二杯《はい》」にありつける。何時《いつ》でも、それだけが目當《めあて》でくる酒好《さけず》きな、東《とう》三線北《せんきた》四號《がう》の「佐々爺《さゝぢい》」がブッ〳〵こぼした。

「糞《くそ》も面白《おもしろ》ぐねえ。——早《はや》く出《だ》したら、どうだべ。」

「んだよ、んだよ、な、佐々爺《さゝぢい》。」——七之助《のすけ》が面白《おもしろ》がつた。

「飽《あ》き〳〵するでえ！」

佐々爺《さゝぢい》は何時《いつ》でも冷酒《ひやざけ》を、縁《ふち》のかけた汁椀《しるわん》について、「なんばん」の乾《ほし》たのを噛《かじ》り、噛《かぢ》り飲《の》んだ。——それが一番《ばん》の好物《かうぶつ》で、酔《よ》ふと澁《しぶ》い案外透《あんぐわいとう》る聲《こゑ》で、猥《みだ》らな唄《うた》の所々《ところ〴〵》だけを歌《うた》ひながら、眞直《まつす》ぐな基線道《きせんだう》路《ろ》をフラ〳〵歸《かへ》つて行《い》つた。——佐々爺《さゝぢい》が寄《よ》ると、何處《どこ》の家《うち》でも酒《さけ》を出《だ》した。酒《さけ》が生憎《あいにく》なかつたりすると、佐々爺《さゝぢい》は子供《こども》のやうに、アリ〳〵と失望《しつばう》を顔《かほ》に表《あら》はして頼《たよ》りなげに肩《かた》を振《ふ》つて歸《かへ》つて行《い》つた。

佐々爺《さゝぢい》は晩出《ばんで》たきり、朝迄《あさまで》歸《かへ》らない時《とき》がある。酔拂《よつぱら》つて、田《た》の中《なか》に腐《くさ》つた棒杭《ぼうぐひ》のやうに埋《うづま》つたきり眠《ねむ》つてゐた。探《さが》しに行《い》つたものが揺《ゆ》り起《おこ》しても、いゝ氣《き》に眠《ねむ》つてゐた。

「女郎《ぢよらう》の蒲團《ふとん》さもぐり込《こ》んだえんた顔《かほ》してやがる！」

ところが、佐々爺《さゝぢい》は村《むら》一番《ばん》の「政治通《せいぢつう》」だつた。「東京朝日《とうきやうあさひ》」「北海《ほくかい》タイムス」を取《と》つてゐるものは、市街地《しがいち》をのぞくと、佐々爺《さゝぢい》だけで、濱口《はまぐち》、田中《たなか》、床次《とこなみ》、鳩山《はとやま》などを、自分《じぶん》の隣《とな》りの人《ひと》のことよりも、よく知《し》つてゐた。今度《こんど》床次《とこなみ》がどうする、すると田中《たなか》がかうする。——分《わか》つた事《こと》のやうに云《い》つて歩《ある》く。自分《じぶん》では政友會《せいいうくわい》だつた。

阿部《あべ》に「爺《ぢい》さんは、どうして政友會《せいいうくわい》かな？」と、きかれて、「何《な》んてたツて政友會《せいいうくわい》だべよ。政友會《せいいうくわい》さ。百姓《しやう》にや政友會《せいいうくわい》さ。景氣《けいき》が直《なほ》るし、仕事《しごと》が殖《ふ》えるしな。」と云《い》つた。

「この會《くわい》、政友會《せいいうくわい》さ肩《かた》もッてたら、うんと爺《とう》ちや應援《おうゑん》すべな。」

七之助《のすけ》がひやかした。

「政友會《せいいうくわい》ば？——んだら、勿論《もちろん》、大《おほ》いにやるさ。勿論《もちろん》！」

「廣く農村にも浸潤されなければならない」

次《つぎ》は「渡邊大尉《わたなべたいゐ》」だつた。

軍帽《ぐんばう》を脇《わき》の下《した》に挾《はさ》んで、ピカ〳〵した膝迄《ひざまで》の長靴《ながぐつ》に拍車《はくしや》をガチャ〳〵させて、壇《だん》に上《あが》つてくると、今迄《いままで》ガヤ〳〵騷《さわ》いでゐたのが、抑《おさ》へられたやうに靜《しづ》かになつた。が、すぐ、ガヤ〳〵が返《かへ》つてきた。——子供達《こどもたち》は肩章《けんしやう》の星《ほし》の數《かず》や劍《けん》について、しやべり出《だ》した。口爭《くちあらそ》ひを始《はじ》めた。——百姓《しやう》は、たまに軍人《ぐんじん》が通《とほ》ると、田《た》の仕事《しごと》を忘《わす》れて、何時迄《いつまで》も見送《みおく》つてゐた。兵隊《へいたい》のことになると、子供《こども》と同《おな》じだつた。

「農村《のうそん》に於《お》ける軍人的精神《ぐんじんてきせいしん》」——それが渡邊大尉《わたなべたいゐ》の演題《えんだい》だつた。軍隊《ぐんたい》に於《お》ける嚴格《げんかく》なる秩序《ちつじよ》、正《ただ》しい規律《きりつ》、服從關係《ふくじゆうくわんけい》を色々《いろ〳〵》な引例《いんれい》をもつて說明《せつめい》し、これこそが外國《ぐわいこく》から決《けつ》して辱《はづ》かしめられた事《こと》のない日本《にほん》の強大《きやうだい》な兵力《へいりよく》を作《つく》つて居《ゐ》るものであり、そしてこの精神《せいしん》は、ひとり軍隊內《ぐんたいない》ばかりでなく、廣《ひろ》く農村《のうそん》にも浸潤《しんじゆん》されなければならない。殊《こと》に外來惡思想《ぐわいらいあくしさう》がやゝもすれば前途《ぜんと》ある青年《せいねん》を捉《とら》え、この尊《たつと》い社會秩序《しやくわいちつじよ》を破壞《はくわい》せんとするに於《おい》ては、益々健全《ますます〳〵けんぜん》なる軍人精神《ぐんじんせいしん》が、實《じつ》に農村《のうそん》に於《おい》てこそ要求《えうきう》されなければならないのである。――さういふ意味《いみ》のことを云《い》つた。

武田達《たけだたち》は終《をは》るのを今《いま》か今《いま》かと待《ま》つてゐて、さきがけをして拍手《はくしゆ》した。

「阿部《あべ》さん。」

後《あと》から小作《こさく》が聲《こゑ》をかけた。――「外來《ぐわいらい》何《な》んとか思想《しさう》だかつて、あれ何《な》んですかいな。さつきから、どの方《かた》もどの方《かた》も仰言《おつしや》るんですけれどねえ。」

「さア……。」阿部《あべ》は一寸《ちよつと》考《かんが》へてゐた。「この村《むら》にそんなもの無《ね》えんでせう……」

それから別《べつ》のことのやうに、笑談《じやうだん》らしく、「んでも、あんまり小作料《こさくれう》ば負《ま》けてけれ、負《ま》けてけれッて云《い》へば、地主様《ぢぬしさま》の方《はう》で怒《おこ》つて、過激思想《くわげきしさう》にかぶれてゐるなんて、云《い》ふかも知《し》れないね。」――云《い》つてしまつてから、口《くち》のなかだけで笑《わら》つた。

武田《たけだ》は又上《またあが》ると、會《くわい》の性質《せいしつ》、目的《もくてき》、入會條件《にふくわいでうけん》、事業等《じげふとう》について説明《せつめい》した。餘興《よきよう》に入《はい》り、薩摩琵琶《さつまびは》、落語《らくご》、小樽新聞《こたるしんぶん》から派遣《はけん》された年《とし》のとつた記者《きしや》の修養講話《しうやうかうわ》――「一日講《にちかう》」があり、――そして、「酒《さけ》」が出《で》ることになつた。

「馬鹿《ばか》に待《ま》たせやがつたもんだ。」

「犬《いぬ》でもあるまいし、な！」

胃《ゐ》の腑《ふ》の中《なか》に、熱燗《あつかん》の酒《さけ》がヂリ〳〵としみこんで行《ゆ》くことを考《かんが》へると、日焼《ひや》けした百姓《しやう》ののどがガッ〳〵した。——誰《だれ》でもさう酒《さけ》に「ありつけ」なかつた。

「今日《けふ》は若《わか》い女手《をなて》は無《ね》えんだと。」

「んとか？」

「又《また》、良《え》え振《ふ》りして、武田《たけだ》のしたごッだべ！」

それでも、女房達《にようばうたち》や胸《むね》に花《はな》をつけた役員《やくゐん》などが、酒《さけ》をもつて入《はい》つて來《く》ると、急《きふ》に陽氣《やうき》になつた。

武田《たけだ》が股梯子《またはしご》をもつて來《き》て、皆《みな》から見《み》える高《たか》いところへビラを張《は》りつけた。

酒一斗	校長先生
金三十圓也	岸野殿
ビール一打	△殿
ビール一打	吉岡殿
手拭百本	H町長殿

金十圓也　　相馬殿

右本會設立ヲ祝シ、各位ヨリ御寄贈下サイマシタ。
有難ク御禮申上ゲル次第デアリマス。

幹事

「ホオーッ！」

「豪儀《がうぎ》なもんだ。矢張《やは》りな。」

「有難《ありがた》いもんだ。」

盃《さかづき》と銚子《てうし》がやかましく、カチャ〱と觸《ふ》れ合《あ》つた。

——役員《やくゐん》や招待《せうだい》された人《ひと》や講演《かうえん》した人達《ひとたち》は、吉本管理人《よしもとくわんりにん》の宅《うち》へ引《ひ》き上《あ》げた。そこで水入《すゐい》らずの「酒盛《さかもり》」を始《はじ》めた。H町《まち》からは、自動車《じどうしや》で酌婦《しやくふ》が七、八人《にん》やつてきた。——皆《みな》は夜明《よあ》け近《ちか》く迄騒《までさわ》いでゐた。

酌婦達《しやくふたち》はその夜歸《よかへ》らなかつた……

阿部《あべ》や健達《けんたち》は一足先《ひとあしさき》さに表《おもて》へ出《で》た。星《ほし》が高《たか》い蒼《あを》い空《そら》に、粒々《つぶつぶ》にきらめいてゐた。出口《でぐち》から少《すこ》し離《はな》れた暗《くら》がりで、二、三人《にん》、並《なら》んで長《なが》い小便《せうべん》をしてゐた。——側《そば》を通《とほ》ると、

「オ、阿部君《あべくん》！」

ガラ〳〵聲《ごゑ》で、伴《ばん》だつた。健《けん》と七之助《のすけ》は頭《あたま》を下《さ》げた。

寄《よ》つてきて、阿部《あべ》に、「どうだ、この魂膽《こんたん》は！——直《す》ぐ、あつちさ通信頼《つうしんたの》むど。」——聲《こゑ》を低《ひく》めて云《い》つた。

健《けん》は默《だま》つて、皆《みな》の後《あと》をついて行《ゆ》きながら、兎《と》に角《かく》、近《ちか》いうちに阿部《あべ》を訪《たづ》ねてみやう、と考《かんが》へてゐた。

三

節は悲しかつた

「んで？……」

「…………」

節は一言《ごん》も云《い》はなくなつてしまつた。

健《けん》もだまつた。だまつたまゝ歩《ある》いた。

晝《ひる》のうち熟《む》れてゐた田《た》から、氣持《きもち》の惡《わる》いぬるい風《かぜ》が、ボー、ボー、と兩頬《りやうほゝ》に當《あた》つて、後《うしろ》へ吹《ふ》いて行《い》つた。歩《ある》いて行《ゆ》くのに從《したが》つて、蛙《かへる》が鳴《な》きやみ、逆《ぎやく》に後《うしろ》の方《はう》から順々《じゆん〳〵》に鳴《な》き出《だ》した。

「どうした？」

「………」

「え〻？」

「………」

だまつてゐる。ひよいと見《み》ると、闇《やみ》の中《なか》で白《しろ》い横顔《よこがほ》がうつむいてゐた。

「川《かは》の方《はう》さでも行《え》ぐか？」

「………」

川《かは》の方《はう》へ曲《まが》ると、矢張《やは》りついてきた。悪戯《いたづら》をして、一寸《ちよつと》つッついても、何時《いつ》でも身體《からだ》をはづませて、クッ〳〵と笑《わら》ひこけるのに、顎《あご》をひいて、身體《からだ》をコッちりさせてゐる。女《をんな》に默《だま》られると、もうかなはなかつた。――途中《とちう》の家々《いへ〳〵》では窓《まど》をあけて、「蚊《か》いぶし」をやつてゐた。腰巻《こしまき》一つの女《をんな》が、莫蓙《ござ》の上《うへ》へ、チカにゴロ〳〵してゐるのが見《み》える。――暑苦《あつくる》しい晩《ばん》だつた。

河堤《かてい》に出《で》る雑草《ざつさう》を分《わ》けて行《ゆ》くと、細身《ほそみ》の葉《は》が痛《いた》く顔《かほ》に當《あた》つた。何處《どこ》かで、ヒソ〳〵聲《こゑ》がする。――そんな組《くみ》が二つも、三つもあつた。二番草《ばんくさ》を終《おは》つて、こ〻しばらく暇《ひま》だつた。

堤《つゝみ》に出《で》ると、すぐ足《あし》の下《した》の方《はう》で、話《はな》し合《あ》つてゐる大《おほ》きな聲《こゑ》と一緒《しよ》に、ザブ〳〵と馬《うま》を洗《あら》つてゐるらしい音《おと》がした。踏《ふ》みの悪《わる》い砂堤《さてい》に足《あし》を落《おと》し落《おと》し出鼻《ではな》を廻《ま》はると、河原《かはら》で焚火《たきび》をしてゐた。――夜釣《よづ》りの魚《さかな》を集《あつ》めてゐるらしく、時々燃《ときどきも》えざしを川《かは》の眞中《まんなか》へ投《な》げた。パチ〳〵と火《ひ》の粉《こ》を散《ち》らしながら、赤《あか》い弧《こ》を闇《やみ》にくつきり引《ひ》いて、河面《かはづら》へ落《お》ちると、ヂュンと音《おと》をたてゝ消《き》えた。水《みづ》にもそれが映《うつ》つた。

「綺麗《きれい》だね。」

今度《こんど》は健《けん》がだまつた。そのまゝ沈默《ちんもく》が少《すこ》し續《つゞ》くと、

「怒《おこ》つたの?……」と、節《きた》が云《い》つた。

やつぱり節《せつ》だ。――短《みじか》い言葉《ことば》に節《きた》がすつかり出《で》てゐる。健《けん》は急《きふ》に節《きた》がいとほしく思《おも》はれた。健《けん》は怒《おこ》つてゞもゐるやうに、無骨《ぶこつ》に、女《をんな》の肩《かた》をグイと引《ひ》き寄《よ》せると、いきなり抱《だ》きすくめた。はづみで、足元《あしもと》の砂《すな》がヅス〳〵ッと、めり込《こ》んだ。

節《きた》は何時《いつ》ものやうに、歯《は》をしめたまゝの堅《かた》い唇《くちびる》を、それでも心持《こゝろもち》もつてきた。女《をんな》の唇《くちびる》からは煮肴《にざかな》の、かすかに生臭《なまぐさ》い匂《にほ》ひがしてゐた。

「何食《なにく》つてきたんだ。口《くち》ふけよ。」

節《きた》は眞面目《まじめ》な顔《かほ》をくづさずに、子供《こども》のやうに袖《そで》で口《くち》をぬぐつた……。

二人《ふたり》は草《くさ》を倒《たふ》して敷《し》いて、その上《うへ》に腰《こし》を下《おろ》した。こつちの焚火《たきび》が映《うつ》つて、向《むか》ふ岸《ぎし》の雑木林《ざふきばやし》の明暗《めいあん》が

赤黒《あかぐろ》く、ハッキリ見《み》えてゐた。

「健《けん》ちや、阿部《あべ》さん好《す》き？」

「……阿部《あべ》さんのどこさあまり行《え》ぐなッて云《い》ひたいんだべ。」

「…………」

「んだども、ま、阿部《あべ》さんや伴《はん》さんど話《はな》してみれ。始《はじ》めは、それァ俺《おれ》だつて……」

「良《え》え人《ひと》だわ、二人《ふたり》とも。んでも……この前《まへ》の會《くわい》のことで、ビラば一枚《まい》々〱配《くば》つて歩《ある》いたべさ。あれでさ……」

――「相互扶助會《さうごふじよくわい》」が本當《ほんたう》は何《なん》のために建《た》てられ、黒幕《くろまく》には誰《だれ》と誰《だれ》がゐて、表面如何《へうめんいか》にもつともらしく裝《よそほ》つてゐても、裏《うら》には裏《うら》のあること、それ等《ら》の事《こと》が、「小作人《こさくにん》よ、欺《だま》されるな。」といふ標題《へうだい》のビラにされてゐた。

「……あんなにしてやつたのに、ビラば配《くば》るなんて恩知《おんし》らずだッて、怒《おこ》つてるワ。」

「誰《だれ》だ？」

「…………」

「お前《めえ》もだべ？――んだべ。」

「……誰《だれ》でもさ。」

「こけッ！」

二人《ふたり》ともかたくなに默《だま》り込《こ》んでしまつた。

「な、節《せつ》ちや。」——調子《てうし》が變《かは》つてゐた。「節《せつ》ちやは、あれだらう。俺《おれ》、模範青年《もはんせいねん》になつてる方《はう》がえゝんだべ。」

健《けん》は節《せつ》を「お前《めえ》」と云《い》つたり、「節《せつ》ちや」と云《い》つたりする。「節《せつ》ちや」といふ時《とき》は、何《なに》か眞面目《まじめ》なことを心《こゝろ》に持《も》つてゐる時《とき》に限《かぎ》つてゐた。——節《せつ》はそれを知《し》つてゐる。

「健《けん》ちやだもの、滅多《めつた》なことしねッて、わい思《おも》つてるわ。んでも淋《さび》しいの……。皆《みな》が皆《みな》まで健《けん》ちやば見損《みそこな》つた、見損《みそこな》つたッて云《い》ふかと思《おも》へば……」

「節《せつ》ちや、さう云《い》つても、岸野《きしの》の農場《のうぢやう》で阿部《あべ》さんや伴《ばん》さんさ誰《だれ》だつて指《ゆび》一本差《ほんさ》さねえんでねえか。」

「それアんだわ。良《え》え人《ひと》ばかりだもの。……んでも阿部《あべ》さんば煙ぶたがつてるわ。」

「小作《こさく》で無《ね》え人《ひと》はな。——俺達第《おれたちだい》一小作《こさく》だからな。」

「變《かは》つたのね……」

「模範青年《もはんせいねん》の口《くち》から、そつたら事聞《ことき》くと思《おも》はないッてか？」

健《けん》はかへつて、それで自分《じぶん》を嘲《あざけ》つた。——「模範青年《もはんせいねん》、模範青年《もはんせいねん》！」

節《きた》は不意《ふい》に顔《かほ》を上《あ》げた。

焚火《たきび》が消《き》えると、四圍《あたり》が暗《くら》く、靜《しづ》かになつた。時々《ときどき》川《かは》の面《おもて》で、ポチヤッ——ポチヤッ、と水音《みづおと》が立《た》つた。魚《さかな》が飛《と》び上《あが》るらしかつた。

「今《いま》に分《わか》るさ……。遲《おそ》くなつた、歸《かへ》るか、ん？」

健《けん》は腰《こし》をあげて、前《まへ》をほろつた。しめッぽい草《くさ》の匂《にほ》ひが、鼻《はな》に來《き》た。節《きた》はしばらくじッとしたまゝでゐた。——「ん？」と、もう一度《ど》うながすと、やう〳〵腰《こし》を起《おこ》した。

「歸《かへ》るウ？」

健《けん》は雜草《ざつさう》を分《わ》けて、歩《ある》き出《だ》した。

向《むか》ふを、「こゝはみ國《くに》の何百里《なんびやくり》……」の歌《うた》を口笛《くちぶえ》で吹《ふ》きながら、誰《たれ》か歩《ある》いて行《い》つた。

「口笛《くちぶえ》、武田《たけだ》でねえかな。——曲《まが》るど。見《み》つけられたら、良《え》え模範青年《もはんせいねん》だからな。」そして大《おほ》きな聲《こゑ》で笑《わら》つた。

「もう、模範青年《もはんせいねん》、模範青年《もはんせいねん》ッてのやめてよ。」節《きた》は悲《かな》しい聲《こゑ》を出《だ》した。

——節《きた》は悲《かな》しかつた。健《けん》と會《あ》ふときは、何時《いつ》でも何《なに》かの期待《きたい》でウキ〳〵する。然《しか》し自分《じぶん》でもハッキり分《わか》らなかつたが、何《な》んだか物足《ものた》りない氣持《きもち》を殘《のこ》して、何時《いつ》でも別《わか》れてゐた。健《けん》の何處《どこ》かに冷《つめ》たさがあると思《おも》つた。それが悲《かな》しかつた。

村《むら》に入《はひ》る角《かど》の「藪《やぶ》」を曲《まが》ると、その向《むか》ひ側《がは》の暗《くら》いところから、女《をんな》が誰《たれ》かにくすぐられてゞもゐるらしく、息《いき》をつめてクツ〳〵と笑《わら》ひこけてゐるのが聞《きこ》えた。が、二人《ふたり》の足音《あしおと》で、それがピタリとやんだ。草《くさ》を搔《か》き分《わ》ける音《おと》が續《つゞ》いた。

「な、節《せつ》ちや。――此頃《このごろ》こんなに皆《みな》フザけてるんに、警察《けいさつ》でなんで默《だま》つてるか知《し》つてるか。」

外《ほか》の人《ひと》は何故《なぜ》かう面白《おもしろ》さうにして、夜會《よるあ》ふんだらう。――それを今見《いまみ》せつけられて、節《せつ》はこみ上《あが》つてくる感情《かんじやう》を覺《おぼ》えた。

「地主《ぢぬし》の連中《れんちう》があまり嚴《きび》しくしないでけれツて云《い》つてあるんだとよ。」

無感動《むかんどう》な男《ひと》だ、何《なに》を考《かんが》へてるんだらう！――節《せつ》は聞《き》いてゐなかつた。

「活動《くわつどう》もあるわけでなし、そばいゝ屋《や》もなしよ、遊場《あそびば》もねえべ、んだから若《わか》い者《もの》が可哀相《かあいさう》だんだとよ、どうだ？」――さう云《い》つて、自分《じぶん》でムフ、、、、と笑《わら》つた。「有難《ありがた》い地主《ぢぬし》さんだな……」

「ところがな、阿部《あべ》さんが云《い》ふんだ。――阿部《あべ》さんツてば、お前《めえ》すぐ嫌《いや》な顏《つら》すべ。――阿部《あべ》さんが小《お》樽《たる》の工場《こうば》にゐた時《とき》なんて、工場《こうば》の隅《すみ》ツこさ落《お》ちてる絲屑《いとくづ》一本持《ほんも》つて外《そと》さ出《で》ても、首《くび》になつたりしたもんだどもな、女工《ぢよこう》さんの腹《はら》ば手當《てあた》り次第《しだい》に大《で》ッかくして歩《ある》いても、そんだら默《だま》つてるんだとよ。」

「まさか？……」

「だまつて聞《き》け。――それがな、かういふ理由《わけ》だんだと。そんなのを禁《きん》ずればな、お互《たが》ひ氣《き》が荒《あら》くなつ……」みんな云《い》はせないうちに、節《きた》がプッと吹《ふ》き出《だ》してしまつた。

「この糞《くそ》ッたれ！」

健《けん》はそのまゝ口《くち》をつむんだ。然《しか》しすぐ又口《またくち》を開《ひら》いた。

「な、仕事《しごと》が苦《くる》しいべ、んだから何《な》んかすれば直《す》ぐ勞働組合《らうどうくみあひ》にひッかゝつて行《い》くんだ。さうさせないためにするんだ――」

「まア〳〵考《かんが》へたもんだね。――んだら、わざ〳〵管理人《くわんりにん》さん達《たち》の肝入《きもい》りで出來《でき》た處女會はどうなるの？」

健《けん》は後向《うしろむ》きになつて、急《きふ》に大《おほ》きな聲《こゑ》を出《だ》した。

「さうさ、裏《うら》が裏《うら》だから、表《おもて》だけは立派《りつぱ》にして置《お》くのさ。やれ節婦《せつぷ》だ、孝子《かうし》だッておだてあげて、――抑《おさ》へて置《お》くのよ。そこア、うまいもんよ。」

「分《わか》らないわ。」

停車場《ていしやぢやう》のあるH町《まち》から通《かよ》つてゐる幌《ほろ》のガク〳〵した古自動車《ふるじどうしや》が、青白《あをじろ》いヘッドライドを觸角《しよくかく》のやうに長《なが》く振《ふ》りながら、一直線《ちよくせん》に村道《そんだう》から市街地《しがいち》に入《はひ》つてきた。入口《いりぐち》から、お客《きやく》を呼《よ》ぶための警笛《けいてき》を續《つゞ》け様《ざま》にならした。それが靜《しづ》かな市街地全體《しがいちぜんたい》に響《ひゞ》き渡《わた》つた。「△」の雑貨店《ざつくわてん》から、ガラ〳〵と戸《と》を開《あ》けて周章《あわ》てゝ誰《だれ》か表《おもて》へ飛《と》び出《だ》した。

二人《ふたり》は市街地《しがいち》をよけて、畦道《あぜみち》へ入《はひ》つて行《い》つた。

「だん〳〵こッたら事《こと》ばかし仕《し》てゐられなくなるど。」

別《わか》れる時《とき》健《けん》が云《い》つた。

節《せつ》はだまつて脣《くちびる》をかんだ。

健《けん》が家《うち》へ歸《かへ》つて床《とこ》に入《はひ》り、ウト〳〵しかけた頃《ころ》、表《おもて》のギシ〳〵する戸《と》が開《あ》いた。

「惠《けい》か？――又《また》だな……。何處《どこ》さ今頃迄《いまごろまで》けづかつたんだ？」

暑苦《あつくる》しいので寢《ね》られずにゐた母親《はゝおや》が、眼《め》をさまして聲《こゑ》をかけた。お惠《けい》はだまつたまゝ上《あが》つてきた。

寢床《ねどこ》のそばで、暗《くら》がりに伊達卷《だてまき》を解《と》くシユウ〳〵といふ音《おと》だけがした。

四

「噓こけッ—」

同《おな》じ石狩川《いしかりがは》でも餘程上流《よほどじやうりう》になつてゐたが、雜穀《ざつこく》や米《こめ》を運《はこ》ぶために、稀《まれ》に發動機船《はつどうきせん》がポン〳〵と音《おと》をさせて上《のぼ》つてきた。その音《おと》は日《ひ》によつては、ずウと遠《とほ》く迄聞《まできこ》えた。「ホ、發動機船《はつどうきせん》だ。」何處《どこ》にゐる小《こ》作《さく》でも、腰《こし》をのばしながら音《おと》をきいた。

由三《よしざう》は村道《そんだう》を一散《さん》に走《はし》つた。帶《おび》の結《むす》び目《め》が横《よこ》へまはつて、前《まへ》がはだけ、泥《どろ》のはぢけた汚《きたな》い腹《はら》を出《だ》しながら、ムキになつて走《はし》つた。——發動機船《はつどうきせん》の音《おと》をきいたのだ。他《ほか》の子供《こども》も畦道《あぜみち》を走《はし》つてくる、それが小《ちひ》さく見《み》える。やがて村道《そんだう》で一緒《しよ》になり、一緒《しよ》に走《はし》り出《だ》した。

皆《みな》は堤《つゝみ》の突端《とつたん》へ並《なら》んで腰《こし》を下《お》ろし、足《あし》をブラ〳〵させた。河《かは》はくねつて、音《おと》もたてず、「流《なが》れ」も見《み》せずに流《なが》れてゐた。——深《ふか》かつた。

音《おと》はしてゐても、なか〳〵發動機船《はつどうきせん》は姿《すがた》を見《み》せなかつた。そして、ひよツこり——まるつきりひよつこりと、青《あを》ペンキの姿《すがた》をあらはした。青空《あをぞら》に透《す》きとほるやうな煙《けむ》の輪《わ》を、ポン〳〵順《じゆん》よく吹《ふ》き上《あ》げながら、心持《こゝろもち》身體《からだ》をゆすつて、進《すゝ》んでゐるか、ゐないか分《わか》らない程《ほど》の速《はや》さで上《のぼ》つてきた。艀《はしけ》を後《うしろ》に曳《ひ》いてゐた。と、皆《みな》は手《て》と足《あし》を一杯《はい》に振《ふ》つて、雀《すゞめ》の子《こ》のやうに口《くち》をならべて、「萬歳《ばんざい》！」を叫《さけ》んだ。

舵機室《だきしつ》と機關室《きくわんしつ》から、船《ふね》の人《ひと》が帽子《ばうし》を振《ふ》つて何《なに》か云《い》つた。皆《みな》は喜《よろこ》んで、又《また》「萬歳《ばんざい》！」を叫《さけ》んだ。

「な、あのバタ〳〵ッてのな。」――由三《よしざう》が隣《となり》の奴《やつ》の手《て》をつかんで、自分《じぶん》の胸《むね》にあてた。

「な、胸《むね》ドキッ〳〵ッてるべ、これと同《おんな》じだんだとよ。――あれが船《ふね》の心臟《しんざう》だとよ。俺《おれ》の姉《ねえ》云《い》つてたわ。」

「んか――？」

「嘘《うそ》こけッ！」――三人目《にんめ》が首《くび》を突《つ》き出《だ》した。「あれモーターッてんだ。」

「モーター？　モーターッたら、灌漑溝《くわんがいこう》の吸《す》ひ上《あ》げでねえか。えーえ、異《ちが》ふわ、覺《おべ》だ振《ふ》りすなよ！」

――由三《よしざう》は負《ま》けてゐない。

「んだ、んだ！」端《はし》の方《はう》が同意《どうい》した。

――小《ちひ》さい口論《こうろん》の渦《うづ》が卷《ま》く。

突然《とつぜん》S村《むら》で、煙火《はなび》が擧《あ》がつた。

眞夏《まなつ》の高《たか》い青空《あをぞら》に、氣持《きもち》よく二つにも三つにも、こだまをかへして、響《ひゞ》き渡《わた》つた。

「ワアッ！」

由三達《よしぞうたち》はカヽンヽ聲《せい》をあげて、跳《は》ね上《あが》つた。

「さ、遲《おく》れたら大變《たいへん》だど！」

皆《みな》はもと來《き》た道《みち》を走《はし》り出《だ》した。遲《おく》れたのが、途中《とちう》で下駄《げた》を脱《ぬ》いだ。

岸野農場《きしののうぢやう》の主人《しゆじん》が、奧樣《おくさま》と令孃《れいぢやう》同伴《どうはん》で、農場見物《のうぢやうけんぶつ》にやつて來《く》ることになつてゐた。——それが今日《けふ》だつた。

東京《とうきやう》にゐる、爵位《しやくゐ》のある大地主《おほぢぬし》も、時々《ときどき》北海道《ほくかいだう》へやつてきて、小作人《こさくにん》や村《むら》の人達《ひとたち》を「家來《けらい》」に仕立《した》てゝ、熊狩《くまがり》をやつた。

——S村《むら》では、村長《そんちやう》を始《はじ》め「△」の旦那《だんな》、校長《かうちやう》などは大臣《だいじん》でも來《き》たやうに「泡《あわ》を食《く》つて」ゐた。

地主、奧樣、御令孃

自動車《じどうしや》二臺《だい》が眞直《まつす》ぐな村道《そんだう》を、砂塵《さぢん》を後《あと》に煙幕《えんまく》のやうにモウ〱と吹《ふ》き上《あ》げながら、疾走《しつそう》してきた。

岸野農場《きしののうぢやう》の入口《いりぐち》には百十七、八人《にん》の小作《こさく》が、兩側《りやうがは》に並《なら》んで待《ま》つてゐる。町《まち》へ一日《にち》、二日《か》の「出面《でづら》」を取《と》りに行《い》つてゐるものも休《やす》んで出迎《でむか》へた。

暑《あつ》かつた。皆《みな》は何度《なんど》も腰《こし》の日本手拭《にほんてぬぐひ》で顏《かほ》をぬぐつた。

「もう少《すこ》しな、俺達《おれだち》の忙《いそ》がしい時《とき》にな、來《き》てもらつたらえゝにな。」

「働《はたら》いてるどこば見《み》てければな。」

「ん、ん、んよ。」

「奥樣《おくさん》は何《な》んでも女《をな》の大學《だいがく》ば出《で》た人《ひと》だと。」

「大學《だいがく》？——女《をな》の？　ホオ！」

「とオても偉《えら》い、立派《りつぱ》なひとだとよ。」

「女《をな》、大學《だいがく》ば出《で》る？　嘘《うそ》云《い》ふな。女《をな》の大學《だいがく》なんてあるもんか。……まさか、馬鹿《はか》ア、女《をな》が……」

「んだべ、何《な》んぼ偉《えら》いたつて！」

一かたまり、一かたまり別《べつ》な事《こと》を云《い》つてゐた。

「な、旦那《だんな》もう少《すこ》し優《やさ》しい人《ひと》だら一生《しよう》ケン命《めい》働《はたら》くんだともな。」

「働《はたら》いだ事無《ことな》えから分《わか》らないさ。」

「今度《こんだ》あまり急《きふ》で駄目《だめ》だつたども、こんな時《とき》あれだな、皆《みな》で相談《さうだん》ば纏《まと》めて置《お》いてよ、お願《ねが》ひせばよかつたな。」

阿部《あべ》はみんなの云《い》ふのを聞《き》いてゐた。——阿部《あべ》には、今度《こんど》「見物《けんぶつ》」に來《く》るといふことをワザと管理《くわんり》人《にん》がその前《まへ》の晩《ばん》になつて知《し》らせた魂膽《こんたん》がハッキリ分《わか》つてゐた。二年程前《ねんほどまへ》、それで管理《くわんり》人《にん》が失敗《しつぱい》してゐた。皆《みな》が普段《ふだん》からの不平《ふへい》を持《も》ち寄《よ》つて、岸野《きしの》の旦那《だんな》が來《き》たとき、それを嘆願《たんぐわん》した。その事《こと》から大《おほ》きな事件《じけん》になりかけた事《こと》があつたからだつた。――で、今度《こんど》は管理人《くわんりにん》に出《だ》し抜《ぬ》かれてしまつた。

自動車《じどうしや》の後《うしろ》の埃《ほこり》の中《なか》をベタ〳〵な藁草履《わらざうり》をはいた子供達《こどもたち》が、四五人追《にんお》ひかけてゐた。のろくなると、皆《みな》は鈴《すゞ》なりに後《うしろ》へブラ下《さが》つてしまつた。――自動車《じどうしや》は農場《のうぢやう》の入口《いりぐち》の管理人《くわんりにん》の家《いへ》の前《まへ》で、ガソリンの匂《にほ》ひをはいて、とまつた。

袖《そで》を輕《かる》く抑《おさ》へて、着物《きもの》の前《まへ》をつまみ、もの慣《な》れた身腰《みこし》で、ひらりと奧様《おくさま》が降《お》り立《た》つた。

「まア、とてもひどい自動車《じどうしや》なこと」――上品《じやうひん》に眉《まゆ》だけをひそめた。

續《つゞ》いて、一文字《もんじ》を手《て》にして、當《たう》の主人《しゆじん》が白絣《しろがすり》に絽《ろ》の羽織《はおり》で、高《たか》い背《せ》をあらはした。その後《あと》からクリーム色《いろ》の洋裝《やうさう》した令孃《れいぢやう》が降《お》りた。後《あと》の自動車《じどうしや》には、出迎《でむか》へに行《ゆ》つた村長《そんちやう》、校長《かうちやう》、管理人《くわんりにん》、それにH町《まち》の警察署長《けいさつしよちやう》が乘《の》つてゐた。

小作達《こつくたち》は思《おも》ひ、思《おも》ひに腰《こし》をかゞめて挨拶《あいさつ》した。

「ハ、まア、よオく御無事様《ごぶじさま》で……」

佐々爺《さゝぢい》は手拭《てぬぐひ》で顔《かほ》をゴシ〳〵こすりながら、何《なん》べんも頭《あたま》を下《さ》げた。もう身體中《からだぢう》酒《さけ》でプン〳〵匂《にほ》つてゐた。人集《ひとよ》りに出《で》るときは、佐々爺《さゝぢい》は何時《いつ》でも酒《さけ》をやらないと、ものが云《い》へない癖《くせ》があつた。

「お前達《まへたち》も達者《たつしや》で何《なに》よりだ。――ま、一生《しやう》ケン命《めい》やつてくれ。」

皆《みな》は一言《ひとこと》、一言《ひとこと》に小腰《こごし》をかゞめた。佐々爺《さゝおい》は、小《ちひ》さい赭《あか》ら顔《がほ》を握《にぎ》り拳《こぶし》のやうにクシャ、クシャにしながら追従笑《つゐしようわら》ひをした。

「本當《ほんたう》に、ご苦勞《くらう》ね。」

奥樣《おくさま》は廣々《ひろびろ》とした田《た》を見渡《みわた》すと、輕《かる》く息《いき》を吸《す》ひ込《こ》んだ。

小作《こさく》の女房《にようばう》や娘達《むすめたち》は、たゞ奥樣《おくさま》と令孃《れいぢやう》だけに見《み》とれてゐた。後《あと》にゾロ〳〵ついて行《ゆ》きながら、着《き》てゐるものがいゝ、何《なに》かお互《たが》ひに云《い》ひ合《あ》つた。が、北海道《ほくかいだう》の奥地《おくち》にゐる小作《こさく》の女達《をんなたち》には、見《み》たことも、觸《さは》つたこともないものだつた。柄《がら》のことでも同《おな》じだつた。古《ふる》くさい、ボロ〳〵な婦人雜誌《ふじんざつし》の寫眞《しやしん》でだけしか、さういふ人《ひと》のことは知《し》つてゐなかつた。――然《しか》し、何《なに》より「自分達《じぶんたち》の奥樣《おくさま》」がこんなに立派《りつぱ》な人《ひと》だといふことが、皆《みんな》の肩幅《かたはゞ》を廣《ひろ》くさせた。

「馬鹿《ばか》、お前《まへ》からして見《み》とれる奴《やつ》があるか！」

伴《はん》が自分《じぶん》の女房《にようばう》の後《あと》を突《つ》いた。

岸野《きしの》は畦道《あぜみち》にしやがんで、

「どうだい、今年《ことし》は？」と、稲《いね》の穗《ほ》をいぢりながら、吉本管理人《よしもとくわんりにん》にきいた。――昔《むかし》の地主《ちぬし》などゝちがつて、岸野《きしの》は田畑《たはた》の事《こと》には縁《えん》が遠《とほ》く、たゞ年幾《ねんいく》らの小作料《こさくれう》が手《て》に入《はひ》るかしか知《し》つてゐなかつた。

「えゝまア並《なみ》です。二番草《ばんぐさ》の頃《ころ》は、とてもよかつたんですが、今月《こんげつ》の始《はじ》め頃《ごろ》にかけて蟲《むし》が出《で》ましてね。殊《こと》に去年《きよねん》は全部駄目《ぜんぶだめ》と來《き》てゐるから、今年《ことし》はどんなに良《よ》くても小作《こさく》はつらいんです。――餘程疲弊《よほどひへい》してるんで……」

「ん……で、どうだい様子《やうす》は……？」

「え、今《いま》のところは……矢張《やは》り秋《あき》になつてみないと。」

――お互《たがひ》に聲《こゑ》が低《ひく》くなつてゐた。

「氣《き》をつけて貰《もら》はないとな。」

「それア、もう！」

「ん。」

岸野《きしの》は正直《しやうぢき》に云《い》つて、時々後《ときどきあと》から不意《ふい》に田《た》の中《なか》へ突《つ》きのめされはしないか、といふ脅迫《けふはく》めいた恐怖《きようふ》を感《かん》じてゐた。何《なに》かの拍子《ひやうし》に何度《なんど》も何度《なんど》もギヨッとした。一町《ちやう》も行《ゆ》かないうちに、汗《あせ》をびつしよりかいてゐた。然《しか》し表面《へうめん》だけの威嚴《ゐげん》は持《も》つてゐなければならなかつた。

「この前《まへ》のやうに、嘆願書《たんぐわんしよ》をブッつける事《こと》はないだらうな、」

「その點《てん》こそ、今度《こんど》は大丈夫《だいぢやうぶ》ぬかりませんでした。」

「ん。」それで安心《あんしん》した。――然《しか》し後《あと》の方《はう》は口《くち》に出《だ》しては云《い》はなかつた。そして應揚《おうやう》にうなづいて見《み》せた。持《も》つてゐた穗《ほ》を田《た》の中《なか》に投《な》げると、小《ちひ》さい波紋《はもん》の輪《わ》が稻《いね》の莖《くき》に切《き》られながら、重《かさ》なり合《あ》つて廣《ひろ》がつて行《い》つた。

「ね、お百姓《ひやくしやう》さんつて、何時《いつ》でもこの水《みづ》の中《なか》に入《はひ》つて働《はたら》くのねえ！」

「さうで御座《ござ》います、お孃《ぢやう》さん。」

二つ三つ田《た》を越《こ》したところで、丁度《ちやうど》同《おな》じ年位《としぐらゐ》の娘《むすめ》が頰《ほゝ》かぶりの上《うへ》に笠《かさ》をかぶり、「もんぺい」をはいて、膝《ひざ》ッ切《き》り埋《うま》つて働《はたら》いてゐるのが見《み》えた。顏《かほ》に泥《どろ》がハヂけると、そのまゝ袖《そで》でぬぐつてゐる。

「あれぢや足《あし》も手《て》も――身體《からだ》も大變《たいへん》ね！」

「えゝえ、その何《な》んでもないんで御座《ござ》います。」――追從笑《ついしようわら》ひをした。

「あたし學校《がくかう》の參考《さんかう》に稻《いね》を二、三本頂《ぼんいたゞ》いて行《ゆ》きたいんですけれど……」

女房達《にようばうたち》が爭《あらそ》つて稻《いね》を取《と》りにかゝつた。――吉本管理人《よしもとくわんりにん》は、これアうまい、と思《おも》つた。

「矢張《やは》り何《な》んてたつて、大《たい》したもんだ。」

女房達《にようばうたち》は小腰《こごし》をかゞめながら、稻《いね》を差出《さしだ》した。令孃《れいぢやう》は、

「有難《ありがた》ふ。」と云《い》ひながら、フト差出《さしだ》された女達《をんなたち》の手《て》を見《み》た。手《て》? だが、それは手《て》だらうか!――令《れい》孃《じやう》は「ま!」と云《い》つて、思《おも》はず手《て》の甲《かふ》で口《くち》を抑《おさ》えた。

一通《ひととほ》り田畑《たはた》を見《み》てしまふと、「いとも」満足《まんぞく》の態《てい》で、一行《かう》は管理人《くわんりにん》の家《うち》へ引《ひ》き上《あ》げた。

「伴　さ　ん」

晩《ばん》には小作人全部《こさくにんぜんぶ》に「一杯《ぱい》」が出《で》るので、皆《みんな》はホク〳〵し乍《なが》ら二三人《にん》づゝ、二三人《にん》づゝ歸《かへ》つて行《い》つた。

「なア、えッ阿部君《あべくん》! 汗《あせ》が出《で》たアど。」

伴《ばん》がガラ〳〵聲《ごゑ》で、百姓《ひやくしやう》らしくなくブッキラ棒《ぼう》に云《い》つた。

阿部《あべ》は何時《いつ》ものやうに默《だま》つて笑《わら》つた。健《けん》はこはゞつた顔《かほ》で、少《すこ》し後《おく》れてついて行《い》つた。それに伴《ばん》や阿部付《あべつき》の人達《ひとたち》が四五人《にん》一緒《しよ》だつた。――後《あと》から來《く》る人達《ひとたち》は、地主《ぢぬし》や奥様達《おくさまたち》のことを聲高《こゑだか》に噂《うはさ》し合《あ》つてゐた。

「あいつ等《ら》の着《き》てゐるペラ〳〵した着物《きもの》なんて、俺達《おれたち》がみんな着《き》せてやつてるんだ位《くらゐ》、もう分《わか》つてもえゝ頃《ころ》だな。」

前《まへ》を歩《ある》いてゐた小作《こさく》が振《ふ》りかへつた。

「伴《ばん》さんにかゝると、かなはないね。」

伴《はん》もそれと一緒《しよ》にウハヽヽヽヽと大聲《おほごゑ》を出《だ》して笑《わら》つた。

伴《はん》は何《な》んでもズバ〳〵云《い》つてのける癖《くせ》があるので、地主《ぢぬし》から一番《ばん》「にらまれ」てゐた。管理人《くわんりにん》が遠《とほ》廻《まは》しに、小作權《こさくけん》を坪幾何《つぼいくら》の割《わり》で買取《かひと》つてもいゝとよく云《い》つてくる。――何時《いつ》でも態《てい》のいゝ追《お》ひ出《だ》しを受《う》けてゐた。が、反對《はんたい》に少《すこ》しおとなしくしてくれゝば、「管理人《くわんりにん》」にしてやるがといふ交渉《かうせふ》もあつた。が、その度《たび》に伴《はん》のあたりかまはない「ウハヽヽヽヽ」に氣《き》をのまれて歸《かへ》つて行《い》つた。

「な、えゝオ――イ、勝見《かつみ》さんよ、ボヤ、ボヤしてると、キンタマの毛《け》ッこひん拔《ぬ》かれてしまふべよ。」

大《おほ》きな聲《こゑ》で前《まへ》のに云《い》ふと、又《また》ウハヽヽヽヽと笑《わら》つた。

「ハヽヽヽヽヽヽ。」――向《むか》ふでも笑《わら》つてゐる。

默《だま》つてゐた阿部《あべ》が、「伴《はん》さん、晩《ばん》に管理《くわんり》さんのとこさ行《い》ぐ時《とき》、一寸《ちよつと》寄《よ》つてけねか？」と云《い》つた。

「ん、ん。」

伴《はん》は着物《きもの》をまくつて棒杭《ぼうぐひ》のやうな日《ひ》燒《や》けした、毛《け》むじやらの脛《すね》を出《だ》して、足《あし》をいたづらにブラ〳〵させたり、石《いし》を蹴《け》つたりして歩《ある》いてゐた。

「のべ源」

「どうだ、健《けん》ちや。」後《あと》からのツぽの「のべ源《げん》」が聲《こゑ》をかけた。

「あのどつちでもえゝ、一晩《ひとばん》抱いて寢《ね》たらな。」

「何《な》んだ、お前今迄《まへいままで》かゝつて、そつたら事考《ことかんが》へてゐたのか。」

健《けん》は、初《はじ》めて、ムカッ〳〵と云《い》つた。

「それんか他《ほか》にあるか。」ニタ〳〵笑《わら》つた。

のッぽの「のべ源《げん》」をS村《むら》の小作達《こさくたち》は、時々山《ときどきやま》を下《お》りて來《く》る「熊《おやぢ》」よりも恐《おそ》ろしがつてゐる。飲《の》んだら「どんな事《こと》」でも平氣《へいき》でした。馬鹿力《ばかぢから》を出すので、どの小作《こさく》だつてかなはない。「のべ源《げん》」の亂暴《らんばう》をとめやうとして、五、六人泥田《にんどろた》に投《な》げ込《こ》まれてしまつた事《こと》がある。それに女《をんな》に惡戯《いたづら》した。

醉《よ》がさめると、手拭《てぬぐひ》で頭《あたま》をしばつて、一日中寢《にちぢうね》た。

「俺《おれ》ア何《な》アんもしねえど。俺《おれ》ア――俺《おれ》だけア何《な》んもしねえど！」

きまつて、さう云《い》ひながら唸《うな》り續《つゞ》けた。

健《けん》とは不思議《ふしぎ》に氣《き》が合《あ》つた。――毎日《まいにち》の單調《たんてう》さ、つらい仕事《しごと》、それで何處迄行《どこまでい》つても身體《からだ》の浮《う》かない暮《くら》しをさせられてゐれば、誰《だれ》だつて若い男は「のべ源《げん》」になる。ならずにゐられるものでない。皆《みんな》、心《こゝろ》の隅《すみ》ッこに「のべ源《げん》」の少《すこ》しづゝを持《も》つてゐるんだ。健《けん》はさう考《かんが》へ、「のべ源《げん》」には他《ほか》の人《ひと》のやうな惡意《あくい》は感《かん》じてゐなかつた。――どの村《むら》にも、實際《じつさい》ぐうだらはゐたし、居《ゐ》る筈《はず》だつた。

——然《しか》し、何時迄《いつまで》グウだらを繰《く》り返《かへ》したつて、どうなるものか、健《けん》は此頃《このごろ》はさう思《おも》つてきてゐた。グウだらが悪《わる》いんぢやない、グウだらにさせるものがある。それを誰《だれ》も知《し》つてゐない、さう思《おも》つた。

「な、ま、えゝさ。今晩《こんばん》飲《の》めるんだ。」

「源《げん》、酒《さけ》の……」

「のべ源《げん》」は、分《わ》つたよ、分《わか》つたよ、といふ風《ふう》に頭《あたま》を振《ふ》つた。伴《はん》は「どうしたい。」と、ひやかした。

「模範青年《もはんせいねん》さんにかゝるとネ。」頭《あたま》をかいて、眼《め》を細《ほそ》くした。

「模範青年《もはんせいねん》ッて誰《だれ》だ!?」

健《けん》は不氣嫌《ふきげん》に云《い》ふと、そのまゝ黙《だま》つてしまつた。

阿部《あべ》は口《くち》の中《なか》だけで笑《わら》つてゐた。

「野にゐる羊」

女達《をんなたち》は酒盛《さかもり》の用意《ようい》のため、三時《じ》から管理人《くわんりにん》のところへ出掛《でか》けて行《い》つた。嫁取《よめと》りだとか、法事《はふじ》だとか、何《なに》かのお祝《いは》ひだとか、さういふ事《こと》だと、お惠達《けいたち》は誘《さそ》ひ合《あ》つて、喜《よろこ》んで出掛《でか》けた。——管理人《くわんりにん》の家《うち》の炊《すゐ》事《じ》煙突《えんとつ》が、めづらしくムク〱煙《けむり》をはいてゐた。裏口《うらぐち》から襷《たすき》をかけて、太《ふと》い腕《うで》をまくり出《だ》した女達《をんなたち》がザルを抱《かゝ》えたり、葱《ねぎ》をもつたり忙《いそが》しく出入《でい》りした。

令孃《れいぢやう》は輕《かる》い頭痛《づつう》を覺《おぼ》えてゐた。――汽車《きしや》の窓《まど》から見《み》たり、色々《いろ〳〵》な小說《せうせつ》を讀《よ》んだりして、何《なに》か牧歌的《ぼくかてき》な、うつとりするやうな甘《あま》い、美《うつく》しさで想像《さうざう》してゐたチョコレート色《いろ》の藁屋根《わらやね》の百姓家《ひやくしやうや》！　それが然《しか》しどうだらう。令孃《れいぢやう》は二三軒《けん》小屋《こや》をのぞいてみた。――眞暗《まつくら》な家《うち》の中《なか》からは、馬糞《ばふん》や藁《わら》の腐《くさ》つた匂《にほ》ひがムッと來《き》た。暗《くら》がりからワア――ンと飛《と》び上《あが》つた金蠅《きんばひ》の群《むれ》が、いきなり令孃《れいぢやう》の顏《かほ》に豆粒《まめつぶ》のやうに、打《ぶ》ツかつた。令孃《れいぢやう》は「アッ！」と聲《こゑ》をたてた。腹《はら》だけが大《おほ》きくふくれて、眼《め》のギョロッとした子供《こども》が、爐《ろ》の中《なか》の灰《あく》を手《て》づかみにして、口《くち》へ持《も》つて行《い》つてゐた。上《あが》り端《はな》に喰《く》ひかけの茶碗《ちやわん》と、鹽鱒《しほます》の殘《のこ》つてゐる皿《さら》が置《お》きッ放《はな》しになつて居《を》り、それに蠅《はひ》が黑々《くろ〴〵》と集《たか》つてゐた。隅《すみ》ッこに、そのまゝに積《つ》み重《かさ》ねてある夜具蒲團《やぐふとん》の上《うへ》から、鷄《にはとり》がコクッ、コクッと四圍《あたり》を見廻《みま》はしながら下《お》りて來《き》た。……管理人《くわんりにん》のところへ歸《かへ》つてから、濡《ぬ》らしたハンカチを額《ひたひ》にあて、令孃《れいぢやう》はしばらく横《よこ》になつた。

夜《よる》になると、「ランプ」がついた。令孃《れいぢやう》は本當《ほんたう》のランプを見《み》るのが始《はじ》めてだつた。都會《とくわい》のまばゆい電燈《でんとう》になれた眼《め》には暗《くら》い。まるで暗《くら》い。然《しか》しランプの醸《かも》し出《だ》す雰圍氣《ふんゐき》は、始《はじ》めて令孃《れいぢやう》を喜《よろこ》ばせた。

「素敵《すてき》だわ！」

小樽《をたる》や東京《とうきやう》にゐる友達《ともだち》に、繪《ゑ》ハガキで是非《ぜひ》ランプのことは云《い》つてやらなければならないと思《おも》つた。

日《ひ》が暮《く》れかゝると、小作人《こさくにん》がボッ〳〵集《あつま》つてきた。土間《どま》にムシロを敷《し》いて、高張《たかは》りの提灯《ちやうちん》を幾《いく》つも立《た》てゝゐた。令孃《れいぢやう》を見《み》ると、小作《こさく》の人達《ひとたち》は坐《すわ》り直《なほ》して、丁寧《ていねい》に挨拶《あいさつ》した。教會《けうくわい》に通《かよ》つてゐる令孃《れいぢやう》には、百姓《ひやくしやう》は「野《の》にゐる羊《ひつじ》」のやうに純眞《じゆんしん》に思《おも》はれた。父《ちゝ》が經營《けいえい》してゐる小樽《をたる》のS工場《こうぢやう》の傲慢《がうまん》な職工達《しよくこうたち》とは似《に》てもつかない、と思《おも》つた。

「それだけ、それだけで終《をは》つてしまつた」

武田《たけだ》が仲間《なかま》の二三人《にん》と一緒《しよ》に、少《すこ》し早目《はやめ》にやつて來《き》た。岸野《きしの》に會《あ》つて、普段《ふだん》から種々《いろ／＼》お世話《せわ》になつてゐる幾分《いくぶん》もの御恩報《ごおんぽう》じとして、この機會《きくわい》に自分達《じぶんたち》で角力大會《すまふたいくわい》を開《ひら》いて御覽《ごらん》に入《い》れたいと思《おも》つてゐる、と云《い》つた。岸野《きしの》は滅多《めつた》になく、顏形《かほかたち》をくずして喜《よろこ》んだ。

岸野《きしの》は上氣嫌《じやうきげん》だつた。――庭先《にはさき》の、少《すこ》し高《たか》い所《ところ》に立《た》つて、小作《こさく》に向《むか》つて簡單《かんたん》な「訓示《くんじ》」を與《あた》へた。そしてすぐ奥《おく》に入《はひ》つてしまつた。吉本《よしもと》が是非《ぜひ》さうしなければならないと云《い》つてあつた。

「で、順々《じゆん／＼》に一人《ひとり》づゝ、奥《おく》でお會《あ》ひするさうだから。」

さう云《い》ふと、皆《みんな》の中《なか》から、

「吉本《よしもと》さん、吉本《よしもと》さん！」と、中腰《ちうごし》をあげて、伴《はん》が呼《よ》んだ。

「色々《いろ／＼》と地主《ぢぬし》さんに聞《き》いて貰《もら》はなけアならない事《こと》もあるし、又皆《またみんな》に話《はな》して貰《もら》はなけアならない事《こと》もあるし、是非《ぜひ》一つこゝで……」

「それア出來《でき》ないんだ。」

皆《みんな》は急《きふ》にガヤ〳〵話《はな》し出《だ》した。

「ア、皆《みんな》さうやつちや駄目《だめ》だ。——靜《しづ》まつてけれ！」

吉本《よしもと》が一生《よお》ケン命制《めいせい》した。「今度《こんど》のお出《いで》は、そんな面倒《めんだう》なことは一切拔《さいぬ》きにしたものだから、それは又何時《またいつ》かの機會《きくわい》にして貰《もら》ひたいんだ。——賴《たの》む！」

「さうだ、さうだ、伴《ばん》さん、酒席《しゆせき》でもあるしな。」

小作《こさく》のうちで、さう云《い》ふものもゐた。

「どうだ！　健《けん》ちや、分《わか》るべ。」

めづらしく阿部《あべ》も興奮《こうふん》してゐた。

「一杯食《まいく》はせやがつたんだね。——阿部《あべ》さん、會《あ》つた時《とき》やつたらえゝでせうさ。」

「會《あ》つた時《とき》？　一人《ひとり》と一人《ひとり》でか？——駄目《だめ》、駄目《だめ》！　ちり〳〵ばら〳〵だからな。」

「…………」

健《けん》は何《なに》か不服《ふふく》だつた。「お會《あ》ひ」するのは、たゞ顏《かほ》をみて「まア、しつかりやつてくれ」といふだけだつた。——ぢや、その機會《きくわい》をつかもう、健《けん》はさう思《おも》つた。

二枚重《まいかさ》ねた座蒲團《ざぶとん》の上《うへ》に、物《もの》なれたゆるい安坐《あぐら》をかいて、地主《ぢぬし》が坐《すわ》つてゐるのを見《み》ると、外《そと》で見《み》たときとはまるで異《ちが》つた――岸野《きしの》の存在《そんざい》がその部屋《へや》一杯《ぱい》につまつて、グイ〱と抑《おさ》えつけてゐるやうに感《かん》じた。――健《けん》を見《み》ると、輕《かる》く顎《あご》だけを、それも顎《あご》の先《さき》だけを、分《わか》らない程《ほど》に動《うご》かした。

「田口健《たぐちけん》です。」吉本《よしもと》が取次《とりつ》いだ。

「ウ――これか？」

一寸《ちよつと》管理人《くわんりにん》を見《み》て、それから側《そば》に坐《すわ》つてゐた奥樣《おくさま》と令孃《れいぢやう》へ「これが農場《のうぢやう》一の模範青年《もはんせいねん》なんだぜ。」と云《い》つた。

「まアしつかりやつてくれ。――これからはお前達《まへたち》が一番賴《ばんたよ》りだんだからな……。よし〱。」

さう云《い》つて顎《あご》だけを動《うご》かした。――管理人《くわんりにん》はもう次《つ》ぎを呼《よ》んでゐた。

それだけ、それだけ、それだけで終《おは》つてしまつた、

健《けん》は身體《からだ》中汗《ぢうあせ》をグッショリかいてゐた。健《けん》は阿部《あべ》と顏《かほ》を合《あ》はせられなかつた。カアーッと逆上《のぼ》せてゐた。――氣おくれした、意氣地《いくぢ》のない自分《じぶん》を、紙《かみ》ッ片れか何《なに》かのやうに、思《おも》ひッ切《き》り踏《ふ》みにぢつてしまひたかつた。

「のべ源《げん》」はもう醉拂《よつぱら》つて、眼《め》を据《す》えながら、誰《だれ》か相手《あひて》でも欲《ほ》しさうに見廻《みまは》してゐた。

「健《けん》ちや、健《けん》ちや、健《けん》ッたら！」

健《けん》は返事《へんじ》をしなかつた。

「健《けん》よオ！　何《なに》そつたら不景氣《ふけいき》な面《つら》してるんだ。」

健《けん》はだまつたまゝ、暗《くら》い外《そと》へ出《で》て行《い》つた。

五

土方

大陸的《たいりくてき》な太陽《たいやう》が、ムキ出《だ》しな地面《ぢめん》をヂリ、ヂリ燒《や》いてゐた。陽炎《かげらふ》が白熱《はくねつ》した炎《ほのほ》のやうに、ユラ〳〵立《た》つて、粗雜《そざつ》に敷設《ふせつ》されたトロッコのレールが、鰻《うなぎ》のやうに歪《ゆが》んで見《み》えた。――土《つち》の熱《あつ》いムレッ返《かへ》しが來《く》る。

土方《どかた》は皆《みな》褌《ふんどし》一つで働《はたら》いてゐた。身體《からだ》は掘《ほ》りかへして行《ゆ》く土《つち》より赫黑《あかぐろ》く燒《や》けて、土埃《つちほこり》のかゝッた背中《せなか》を、汗《あせ》が幾《いく》つにも筋《すぢ》を引《ひ》いて、流《なが》れてゐる。鮮人《せんじん》は百人近《にんちか》くゐた。

急《きふ》カーヴへ來《く》ると、いきなりトロッコの外側《そとがは》が浮《う》き上《あが》る。浮《う》き上《あが》つた片方《かたはう》の車輪《しやりん》が空廻《からまは》りした。――健達《けんたち》は五六人《にん》藪入《やぶい》れ前《まへ》を、こゝへ稼《かせ》ぎに來《き》てゐた。仕事《しごと》は危《あぶ》なかつた。

　それは空知川《そらちがは》から水《みづ》を引《ひ》いて、江別《えべつ》、石狩《いしかり》に至《いた》るまでの蜒々《えん〳〵》二十何里《なんり》といふ大灌漑溝《だいくわんがいこう》を作《つく》るための工事《こうじ》で、一旦《たん》それが竣成《しゆんせい》すれば、その分派線《ぶんはせん》一帶《たい》にかけて、何《なん》千町歩《ちやうぶ》といふ美田《びでん》が出來上《できあが》る。北海道《ほくかいだう》の産米《さんまい》がそれで一躍鰻上《やくうなぎあが》りに増《ふ》えるのだつた。

　村長《そんちやう》を看板《かんばん》にし、關係大地主《くわんけいおほぢぬし》が役員《やくゐん》になつて、「土功組合《どこうくみあひ》」を組織《そしき》し、北海道廳《ほくかいみちやう》から「補助金《ほじよきん》」や「低《てい》利資金《りしきん》」の融通《ゆうづう》を受《う》ける。拓殖銀行《たくしよくぎんかう》は特別低利《とくべつていり》で「年賦償還貸付《ねんぷしやうくわんかしつけ》」をした。北海道拓殖《ほくかいだうたくしよく》のためだつた。

――その工事《こうじ》は「監獄部屋《かんごくべや》」に引受《ひきう》けさせる。土方《どかた》を使《つか》へば、當《あた》り前《まへ》一日《にち》三、四圓分位《ゑんぶんぐらゐ》の勞働《はたらき》を五、六十錢《せん》でやる。で、頭《あたま》が二重《ぢう》にも、三重《ぢう》にもハネられた。

　大地主《おほぢぬし》は只《ろは》のやうな金《かね》で、その金《かね》の割合《わりあひ》の何《なん》十倍《ばい》もの造田《ざうでん》が出來《でき》た。造田《ざうでん》さへされゝば、「低利資金《ていりしきん》」位《くらゐ》は小、、作料だけでドシ〳〵消却出來《せうきやくでき》た。

　――健《けん》にも分《わか》る。これだけのことを見《み》ても、結局《けつきよく》の背負《しよ》ひどころは誰《だれ》か。――小作人《こさくにん》と土方《どかた》ー　それがハッキリ分《わか》る氣《き》がした。

「アッ！」誰《だれ》か叫《さけ》んだ。

　トロッコが土煙《つちけむり》をたてながら、顚覆《てんぷく》した。裏返《うらがへ》しになつたトロッコの四つの車輪《しやりん》だけが、墮勢《だせい》でガラ〳〵と廻《まは》つた。――乘《の》つてゐた土方《どかた》は土《つち》の下《した》になつてしまつた。然《しか》し誰《だれ》もそれにかまつてゐない。

――日雇《ひやと》ひに行《い》つてゐる健達《けんたち》は思《おも》はず立《た》ち止《どま》つて、息《いき》を殺《ころ》した。

「次《つぎ》のトロッコが見《み》るに見兼《みか》ねて、少《すこ》しグズ〱してたッけア、止つちやいかん、止《とま》つちやいかんッて、棒頭《ぼうがしら》が怒鳴《どな》つてたど。」

健達《けんたち》は今度《こんど》S村附近《むらふきん》に陸軍《りくぐん》の演習《えんしふ》があるので、その宿割《やどわり》を受《う》けてゐた。

「兵隊《へいたい》さんだけには、白《しろ》い飯食《めした》べさせなかつたら恥《はぢ》だからな。」

母親《はゝおや》に何度《なんど》も、何度《なんど》も云《い》はれて、稼《かせ》ぎに出《で》てゐた。然《しか》し村《むら》から稼《かせ》ぎに行《い》つてゐるものは、三日《か》と續《つゞ》かなかつた。途中《とちう》でやめてしまつた。

「ま、俺達途中《おれたちとちう》でやめれるからえゝが、土方達《どかたたち》はどうする……」

歸《かへ》り道《みち》は、身體《からだ》中痛《ぢういた》んだ。肩《かた》がはれ上《あが》つて、ウミが出《で》た。

「土方人間《どかたにんげん》で無《ね》えべ。――土方《どかた》と人間《にんげん》が喧嘩《けんくわ》したつて歌あるんだからな……」

「佐々《さゝ》爺云《ぢいい》つてたども、北海道《ほくかいだう》の開拓《かいたく》はどうしたつて土方《どかた》ば使《つか》はねば出來《でき》ないんだつてよ！」

「んだかな。」

「馬鹿《ばか》云《い》ふもんでねえよ！」

健《けん》はムカ〱した。

「飯場《はんば》さ入《はい》る時《とき》な、皆《みんな》ば裸《はだか》にしてよ、入口《いりぐち》でヒー、フー、ミー、ヨーツて數《かぞ》へるんだ。――窓《まど》つて窓《まど》は全部《ぜんぶ》釘付《くぎづ》けよ。」

健《けん》は明日《あす》からもうやめた、と思《おも》つた。――兵隊《へいたい》にだつて、俺達《おれたち》と同《おな》じ黒飯《くろめし》を食《く》はしたつて構《かま》ふもんか、要《い》らない見榮《みえ》なんてしない方《はう》がいゝんだ、と思《おも》つた。

次《つぎ》の朝《あさ》三時頃《じごろ》、表《おもて》から仲間《なかま》が呼《よ》んだ。

「俺《おれ》アもうやめた。」

行《ゆ》けば行《ゆ》けると思《おも》つてゐたのに、眼《め》がさめると、身體《からだ》が痛《いた》くて這《は》ふことしか出來《でき》なくなつてゐた。

「何《な》んだつて!?」――母親《はゝおや》がむつくり頭《あたま》をあげた。

健《けん》はものも云《い》はずに又《まだ》蒲團《ふとん》をかぶつた。

「健《けん》――これ健《けん》ッ、もう二日《か》我慢《がまん》してけれ、な、もう二日《か》!」

「續《つゞ》かない、身體《からだ》痛《え》たくて、痛《え》たくて!」

それつ切《き》りだまつた。耐《こら》え性《しやう》なく、それに眠《ねむ》かつた。

母親《はゝおや》は思《おも》ひ切《き》り悪《わる》く、何時迄《いつまで》も枕《まくら》もとでクド〳〵云つてゐた。それを、うるさい、うるさいと思《おも》つてきゝながら、何時《いつ》の間《ま》にか又眠《まだねむ》つてゐた。

「ハッ、兵隊さんだな。」

裏《うら》の畑《はたけ》のそばで、由三《よし》が蹲《やが》んで、

「日本《にほん》勝《か》つた、日本《にほん》勝《か》つた、ロシア負《ま》けたア……」

「日本《にほん》勝《か》つた、日本《にほん》勝《か》つた、ロシア負《ま》けたア……」

枝切《えだき》れで蟻穴《ありあな》をつッついてゐた。

「赤蟻《あかあり》、露助《ろすけ》。黒蟻《くろあり》、日本《にほん》。――この野郎《やらう》、日本蟻《にほんあり》ばやッつける積《つも》りだな。こん畜生《ちくしやう》。こん畜生《ちくしやう》！」

ムキになつて、枝《えだ》の切《き》れッぱしで突《つ》ッつき出《だ》した。

「こら、こら、――こらッ！」

遠《とほ》くで銃聲《じゆうせい》がした。由三《よし》はギクッと頭《あたま》を擧《あ》げた。――續《つゞ》いて又銃聲《またじゆうせい》がした。由三《よし》は枝《えだ》ッ切《き》れを投《な》げ捨《す》てると、いきなり表《おもて》へ馳《か》け出《だ》した。眼《め》をムキ出《だ》して馳《か》け出《だ》した。

「ハッ、兵隊《へいたい》さんだな！」

「何すゐだ、稲が、稲が!!」

晝頃《ひるごろ》、宿割《やどわり》をきめるに軍人《ぐんじん》と役場《やくば》の人《ひと》がやつてきた。健達《けんたち》は「青年訓練所《せいねんくんれんじよ》」から演習《えんしふ》の見學《けんがく》のために、一日《にち》だけ參加《さんか》しなければならなかつた。――軍人《ぐんじん》と辛苦《しんく》をともにして、如何《どん》な難事《なんじ》にも耐《こら》へる精《せい》神《しん》を養《やしな》ふのだ、といふのだ。危《あぶな》い、危《あぶな》い、健《けん》は然《しか》し今《いま》ではもう行《ゆ》く氣《き》がしてゐなかつた。――云《い》ふことだけは立派《りつぱ》だ。「難事《なんじ》に耐《こら》へる！」だが、何《な》んの難事《なんじ》に耐《こら》へるのか。「×」を見《み》ろ！ いくら食《く》へなくても、×××はヂッとしてゐなければならない、といふことの××ではないか！

朝《あさ》から、遠《とほ》くで銃聲《じうせい》がしてゐた。飛行機《ひかうき》が高《たか》く晴《は》れ上《あが》つた空《そら》に、爆音《ばくおん》をたてゝ飛《と》んだ。向《む》きの工合《ぐあひ》で、翼《つばさ》が銀色《ぎんいろ》にギラ〱ッと光《ひか》つた。小作人達《こさくにんたち》は所々《ところどころ》に立《た》ち止《どま》つて、まぶしさうに額《ひたひ》に手《て》をかざして、空《そら》を見上《みあ》げてゐた。――子供《こども》は夢中《むちう》だつた。

健《けん》は由三《よし》にせがまれて、外《そと》へ出《で》た。ヂリ、ヂリと暑《あつ》かつた。だまつてゐても、腋《わき》の下《した》が氣持惡《きもちわる》くニヤ〱と汗《あせ》ばんだ。由三《よし》は今《いま》やうやく出來《でき》かけてゐる口笛《くちぶえ》を吹《ふ》きながら、手《て》にぶら下《さが》つたり、身體《からだ》にからまつて來《き》たり、一人《ひとり》で燥《さわ》いでゐる。

市街地《しがいち》に入《はひ》ると、郵便局《いうびんきよく》の前《まへ》に毛並《けなみ》のそろつた軍隊《ぐんたい》の馬《うま》が、つながつてゐた。小《ちひ》さい鞄《かばん》を腰《こし》にさげた兵士《へいし》が頼信紙《らいしんし》に何《なに》か書《か》いてゐた。

「えゝ馬《うま》だな。――俺《おれ》アの馬《うま》ど比《くら》べてみれでア！」

由三《よし》は馬《うま》の側《そば》を離《はな》れないで、前《まへ》へ廻《まは》つたり、後《うしろ》へ廻《まは》つたり、蹲《しやが》んで覗《のぞ》き込《こ》んだ。

「兄《あん》ちゃ、來年兵隊《らいねんへいたい》さ行《ゆ》けば、馬《うま》さ乘《の》るんだべか。えゝなア！」

年《ねん》にはどの家《うち》にも宿割《やどわり》の紙《かみ》が貼《は》らさつてゐた。――市街地《しがいち》を出《で》ると、銃《じう》を肩《かた》にかけ、胸《むね》のボタンを二つ程外《ほどはづ》して、帽子《ばうし》の下《した》にハンカチをかぶつた兵隊《へいたい》が三人《にん》、靴底《くつぞこ》の金具《かなぐ》をヂャリ〳〵させて、ゆるい歩調《ほてう》でやつてきた。

「S村《むら》つて、これですか。」――市街地《しがいち》を指《ゆび》さした。片手《かたて》に地圖《ちづ》を持《も》つてゐた。

由《よし》三が健《けん》より先《さき》に周章《あわ》てゝ答《こた》へをひつたくつた。

「んですよ。」と云《い》つた。

それだけで、それが由《よし》三には大《たい》した名譽《めいよ》なことに思《おも》はれた。

銃聲《じうせい》は東《ひがし》の方《はう》から起《おこ》つてゐた。それで基線道路《きせんだうろ》から殖民區域《しよくみんくゐき》七號線《がうせん》へ道《みち》を折《を》れて入《はい》つた。少《すこ》し行《ゆ》くと、處々《ところ〳〵》道《みち》に見慣《みな》れなく新《あたら》しい馬糞《ばふん》が落《お》ちてゐた。

「あらッ！　あらッ！　あら、なア！」

由《よし》三が頓狂《とんきやう》に叫《さけ》んだ。田圃《たんぼ》を越《こ》して、遠《とほ》く、騎兵《きへい》の一隊《たい》が七、八騎《き》時々《とき〳〵》見《み》え、かくれ、行《ゆ》くのが見《み》えた。――もう、由《よし》三は夢中《むちう》だつた。河堤《かはどて》に出《で》ると、村《むら》の人達《ひとたち》が二三十人《にん》かたまつて、見物《けんぶつ》してゐた。

由《よし》三は健《けん》の手《て》を離《はな》れて、先《さき》に走《はし》り出《だ》してしまつた。見《み》てゐると、人《ひと》の脇《わき》の下《した》を潜《くぐ》り、グン〳〵押《お》しわけて一番前《ばんまへ》へ出《で》てしまつた。

百人《にん》近《ちか》くの兵隊《へいたい》が銃《じう》を組《く》んで休《やす》んでゐた。ムレた革《かは》と汗《あせ》の匂《にほ》ひが、皆《みんな》の立《た》つてゐる處《とこ》までしてゐた。――日蔭《ひかげ》になつてゐるところには、上半身《じやうはんしん》を裸《はだか》にして、仰向《あふむ》けに寢《ね》てゐるものが二三人《にん》ゐる。どの兵《へい》士《し》も胸《むね》の中《なか》にがつくり頭《あたま》を落《お》したり、横《よこ》になつたり――皆《みんな》ぐつたりしてゐた。然《しか》し顏《かほ》だけは逆上《のぼ》せたやうに、妙《めう》に赤《あか》かつた。それが氣《き》になつた。汗《あせ》が上衣《うはぎ》まで通《とほ》つて、背《せ》の出張《でば》つたところ通《とほ》りの形《かたち》にグッショリ濡《ぬ》れてゐた。

「どうしたんだべな。」

「追《お》はれて來《き》たんだべよ。――見《み》れ、弱《よわ》つてる！」

不意《ふい》に、あまり遠《とほ》くない處《ところ》で銃聲《じうせい》がした。雜木林《ざふきばやし》から吹《ふ》き上《あ》げられたやうに、鳥《とり》の群《むれ》が飛《と》び立《た》つた。續《つゞ》いて銃聲《じうせい》がした――と、上官《じやうくわん》らしいのが列外《れつぐわい》へ出《で》て、何《なに》か號令《がうれい》をかけた。ガチャ〳〵と金具《かなぐ》の音《おと》が起《おこ》つた。が、皆《みんな》はどうにもならない程《ほど》、疲《つか》れ切《き》つてゐた。

「グヅ〳〵しちゃァいかん！　グヅ〳〵しちゃァいかん！」

上官《じやうくわん》がカスれた聲《こゑ》で怒鳴《どな》つた。

「やつぱり兵隊《へいたい》つて、えゝものだね。――ラッパの音《おと》でもきいたら、背中《せなか》がゾク〳〵してくるからな。」

健《けん》の隣《とな》りで話《はな》してゐる。――「青島《せいたう》」で右手《みぎて》がきかなくなつてから、働《はたら》くことも出來《でき》ず、半分乞食《はんぶんこじき》のやうな暮《くら》しをしてゐる「在郷軍人《ざいがうぐんじん》」だつた。

「戰爭《せんさう》だつて、考《かんが》へたり、見《み》たりする程《ほど》おッかねえもんでねえんだ。ワアッて行《ゆ》けば、何《な》んしろ……」

皆《みんな》に聞《きこ》えるやうに、わざとに聲《こゑ》を高《たか》めた。

兵隊《へいたい》は歩《ある》きづらい砂地《すなぢ》を、泥人形《どろにんぎやう》のやうな無恰好《ぶかつかう》さで、ザク／＼歩《ある》き出《だ》した。だまりこくつて、空虚《くうきよ》に眼《め》を前方《ぜんぱう》の一定《てい》のところにすえたきり、自分《じぶん》のではない、何《なに》か他《ほか》のものゝ力《ちから》で歩《ある》かせられてゐるやうに、歩《ある》いてゐた。病人《びやうにん》を無理《むり》に立《た》たせて、兩方《りやうはう》から肩《かた》を組《く》み、中央《まんなか》にして歩《ある》かせた。が、他愛《たあい》なく身體《からだ》がブラ下《さが》つてしまつた。頭《あたま》に力《ちから》がなく、歩《ある》く度《たび》にグラ／＼ッと搖《ゆ》れた。

皆《みんな》はゾロ／＼堤《どて》を引《ひ》き上《あ》げた。雜木林《ざふきばやし》の中《なか》から、その時《とき》だつた、突如《とつじよ》カン聲《せい》が上《あが》つた。帽子《ばうし》の色《いろ》のちがつた別《べつ》な一隊《たい》が、附劍《つけけん》をして「ワアッ、ワアッ！」と叫《さけ》びながら、さつきの兵隊《へいたい》の後横《うしろよこ》へ肉迫《にくはく》してゐた。――不意《ふい》を喰《く》つてしまつた。立《た》ち直《なほ》る暇《ひま》もなく、そのまゝ隊伍《たいご》を潰《つぶ》して、横《よこ》へそれると、實《みの》りかけてゐる田《た》の中《なか》へ、ドタ／＼と入《い》り込《こ》んでしまつた。見《み》てゐる間《あひだ》に、靴《くつ》の下《した》に稲《いね》が踏《ふ》みにぢられてしまつた。

「あ、あッ、あ――あッ、あッ！」

田《た》の向《むか》ふに一《ひと》かたまりにかたまつて見《み》てゐた小作人《こさくにん》が、手《て》を振《ふ》りながら夢中《むちう》に馳《か》けて來《く》るのが見《み》えた。健達《けんたち》も思《おも》はず走《はし》つた。——百姓達《ひやくしやうたち》には、それは自分《じぶん》の子供《こども》の手足《てあし》を眼《め》の前《まへ》で、ねぢり取《と》られるそのまゝの酷《むご》たらしさだつた。

「何《なに》するだ！」

「何《なに》するだ！　稲《いね》!!　稲《いね》!!」

然《しか》し兵隊《へいたい》のワアッ、ワアッといふ聲《こゑ》に、それはモミ潰《つぶ》されてしまつた。士官《しくわん》は分《わか》つてゐて、×××やめなかつた。——もう百姓《しやう》は棒杭《ぼうぐひ》のやうに、つッ立《た》つてしまふよりない！

やうやく「休戦《きうせん》ラッパ」が鳴《な》つた。

兵卒達《へいそつたち》はそれでも稲《いね》を踏《ふ》まないやうに、跳《は》ね〳〵田《た》から出《で》てきた。

士官《しくわん》は汗《あせ》をふきながら、プリ〳〵して、

「後《あと》で主計《しゆけい》が廻《まは》つてくるんだから、その時《とき》申告《しんこく》すれアいゝんだ。」

それは分《わか》つてゐる！　然《しか》し損害《そんがい》を受《う》けたゞけを申告《しんこく》すれば、その度《たび》に「これを種《たね》にして儲《まう》けやがるんだらう。」「日本國民《にほんこくみん》として、この位《くらゐ》の損害《そんがい》をワザ〳〵申告《しんこく》するなんてあるか。」と云《い》はれる。「帝國《ていこく》軍人《ぐんじん》のためだと云《い》つて、申告《しんこく》しない百姓《ひやくしやう》さへあるんだぞ。」そんな事《こと》も云《い》ふ。——貧乏《びんばふ》な、人《ひと》の好《い》い小《こ》作人《さくにん》はどうすればいゝか？——小作料《こさくれう》を納《をさ》める時《とき》になれば、地主《ぢぬし》はそんなことを考顧《かうこ》さへもしてくれない。

兵士達《へいしたち》はそれ等《ら》の話《はなし》を氣《き》の毒《どく》さうに、離《はな》れてきいてゐた。――矢張《やは》り小作人《こさくにん》の伜達《せがれたち》がゐるんだらう、健《けん》はそのことを考《かんが》へてゐた。

田《た》を踏《ふ》みにぢられた隣《とな》りの農場《のうぢやう》の小作《こさく》が、壞《こは》れた瀬戸物《せともの》でもつなぎ合《あは》せるやうに、田《た》の中《なか》に入《はひ》つて行《い》つて、倒《たふ》れた稻《いね》を起《おこ》しにかゝつた。――健《けん》にはそれは見《み》てゐられなかつた。


「下稽古かも知れないど」


兵隊《へいたい》の泊《とま》つた朝《あさ》、由《よし》三は誰《だれ》よりも先《さき》に起《お》きた。――吃驚《びつくり》したやうにパッチリ眼《め》を開《あ》けて、家《うち》の中《なか》をクルッ〳〵ッと見廻《みま》はすと、ムックリ起《お》き上《あが》つてしまつた。前《まへ》の日《ひ》に磨《みが》いて立《た》てかけて置《お》いた銃《じう》や劍《けん》や背嚢《はいなう》の前《まへ》に坐《すわ》ると、獨言《ひとりごと》を云《い》ひながら、ちよッぴり〳〵いぢつた。魚《さかな》が餌《えさ》でもつッつくやうに。

母親《はゝおや》が起《お》きてきた。――母親《はゝおや》は吃驚《びつくり》して、いきなり由《よし》三の耳《みゝ》をひねり上《あ》げた。

「これッ！　大切《たいせつ》なものさ手《て》ばつけて、おがしくでもしてみれッ！」

健《けん》は眼《め》をさましたまゝ、寢床《ねとこ》にゐた。――前《まへ》の夕方《ゆふがた》、健《けん》が納屋《なや》から薪《まき》を取《と》り出《だ》してゐたとき、すぐ横《よこ》で、井戸《ゐど》の水《みづ》をザブ〳〵させながら足《あし》を洗《あら》つてゐた兵隊《へいたい》が話《はな》してゐるのを聞《き》いた。

「こゝの家《うち》ヒドイな……」

「うん、ま、御馳走《ごちそう》はないな——」

「それでも……」

あと一寸《ちよつと》聞《きこ》えなかつた。息《いき》をつまらせて笑《わら》つてゐる。

「シャンだからな。」

「それに……な、色《いろ》ッぽいところがあるぞ。」

「あれか、鄙《ひな》にもまれなる……」

「……埋合《うめあは》せか。」

聲《こゑ》を合《あは》せて笑《わら》ひ出《だ》してしまつた。

健《けん》は暗《くら》がりの納屋《なや》の中《なか》にゐて、一人《ひとり》でカアーッと赤《あか》くなつた。

健《けん》は昨日《きのふ》からのお惠《けい》の燥《はしや》いだ、ソワ〳〵した態度《たいど》にムカ〳〵してゐた。

兵隊《へいたい》が起《お》きると、由三《よし》は金盥《かなだらひ》に水《みづ》をとつてやつたり、下駄《げた》を揃《そろ》へてやつたり、氣《き》をきかして先《さき》へ先《さ》きへと走《はし》り廻《まは》つた。お惠《けい》は日燒《ひや》けのした首《くび》に水白粉《みづおしろい》を塗《ぬ》つてゐた。塗《ぬ》つたあとが、そのまゝムラになつて殘《のこ》つてゐた。

飯《めし》はお惠《けい》が坐《すわ》つて給仕《きふじ》した。すると、由三《よし》が口《くち》を突《と》がらした。

「兵隊《へいたい》さんに女《めつけア》なんて駄目《だめ》だねえ。――俺《おれ》やるから、姉《あね》どけよ！」

兵隊《へいたい》は苦笑《くせう》してしまつた。

母親《はゝおや》は又昨夜《またさくや》のやうに、御馳走《ごちそう》のないことをクド〳〵繰《く》りかへした。

晝過《ひるす》ぎから土砂降《どしやぶ》りになつた。六時頃《じごろ》、兵隊《へいたい》は身體中《からだぢう》を泥《どろ》だらけにして歸《かへ》つてきた。――ものも云《い》へず、一寸《ちよつと》つまづいたゞけで、そのまゝ他愛《たあい》なくつんのめる程疲《ほどつか》れ切《き》つてゐた。――母親《はゝおや》はそれを見《み》ると、半分《はんぶん》もう泣《な》いてゐた。×××とられるかも知《し》れない健《けん》のことが直《す》ぐ考《かんが》へられた。

その晩《ばん》は最後《さいご》であり、それにゆつくり出來《でき》ると云《い》ふので、健《けん》は母親《はゝおや》に云《い》ひつかつて、裏《うら》で雌鷄《めんどり》を一羽《は》つぶした。「ムからは、「兵隊《へいたい》さんに出《だ》すのだから」と云《い》つて、やうやく酒《さけ》を一升借《しようか》りて來《き》た。

醉《よ》つてくると、兵隊《へいたい》は色々《いろ〳〵》「兵營《へいえい》」の面白《おもしろ》いことを話《はな》してきかせた。由三《よし》は「眠《ねむ》くねえわ、眠《ねむ》くねえわ。」と眼《め》をこすりながら、何時迄《いつまで》も起《お》きてゐた。

「坊《ばう》、大《おほ》きくなつたら兵隊《へいたい》になるか。――ハヽヽヽヽ。」

「僕《ぼく》も百姓《ひやくしやう》ですよ。」と一人《ひとり》が云《い》つた。「僕《ぼく》の從弟《いとこ》が內地《ないち》の聯隊《れんたい》にゐたとき、自分《じぶん》の村《むら》で小作爭議《こさくさうぎ》が起《おこ》り、それがドエライことになつてしまつた事《こと》があるんです。半鐘《はんしよう》は鳴《な》り、ドラはなり、何千人《なんぜんにん》ッていふ小作人《こさくにん》が全部《ぜんぶ》まア……暴動《ばうどう》ッて云《い》ふかね、それを起《おこ》したんですね。どうにもならなくなり、地主連《ぢぬしれん》が役所《やくしよ》に賴《たの》み、役所《やくしよ》が聯隊《れんたい》に賴《たの》み、軍隊出動《ぐんたいしゆつどう》といふ處《ところ》までトウ〳〵行《い》つてしまつたわけです。——が、何《な》んしろその兵隊《へいたい》さんの親《おや》、兄弟《きやうだい》、親類《しんるゐ》が村《むら》にゐるときてゐるし、それに自分等《じぶんら》も村《むら》にゐたとき、毎《まい》日《にち》々《〱》々地主《ぢぬし》に苦《くる》しめられてきてゐる。——どうにも出來《でき》ない。とても苦《くる》しかつたさうですよ……」

「ハアねえ——」母親《はゝおや》はワケも分《わか》らずうなづいた。

「あんまり御馳走《ごちそう》してくれるんで、思《おも》ひ出《だ》したんだけれども、——お馳走《ちそう》するどころか、そんな風《ふう》で案外《あんぐわい》これア敵《てき》かたきでないかと思《おも》つてネ。」

と云《い》つて、大聲《おほごゑ》で笑《わら》つた。——「この邊《へん》はどうです、僕《ぼく》の村《むら》あたりだと、毎年《まいねん》のやうに小作爭議《こさくさうぎ》が起《おこ》りますよ。何處《どこ》だつて村《むら》は困《こま》つてゐるし、又困《またこま》つて行《ゆ》く一方《ぱう》ですからね。——ネ、何時《いつ》か僕等《ぼくら》が附《つけ》劍《けん》して、この村《むら》へワアッて、やつて來《く》ることでもあるんぢやないかと思《おも》つてネ……。」

「まさか！」思《おも》はず皆《みんな》で笑《わら》ひ出《だ》した。

後《あと》で、フトこの話《はなし》を健《けん》が阿部《あべ》にした。

「それア××だよ。」と阿部《あべ》が考《かんが》へ深《ぶか》さうに云《い》つた。「あんまり內地《ないち》で、所々《ところどころ》に農民騷動《のうみんさうどう》が起《おこ》るんで、××××だつてその下稽古《したけいこ》かも知《し》れないど……。」

次《つぎ》の晝頃《ひるごろ》、ラッパの音《ね》が聞《きこ》えると、皆村道《みんなそんだう》に出《で》て行《い》つた。

お惠《けい》は髮《かみ》を綺麗《きれい》に結《ゆ》ひ直《なほ》して、由《よし》三を連《つ》れて出《で》た。畦道《あぜみち》を繩飛《なはと》びをする時《とき》のやうに、小刻《こきざ》みに跳躍《てうやく》しながら走《はし》つた。

村《むら》を出《で》て行《ゆ》くラッパの音《ね》は、皆《みんな》を妙《めう》に興奮《こうふん》させた。それを聞《き》いてゐると、何《なに》か胸《むね》が一杯《ぱい》になつた。

足並《あしなみ》の揃《そろ》つたザック／＼といふ音《おと》と一緒《しよ》に埃《ほこり》が立《た》つた。二日《か》でも自分《じぶん》の家《うち》に泊《とま》つた兵隊《へいたい》が通《とほ》ると、手《て》を振《ふ》つてゐる。

「あら／＼、俺《おれ》アの兵隊《へいたい》さん！」

眼《め》ざとい由《よし》三が見《み》つけると、姉《あね》の手《て》を引張《ひつぱ》つた。

心持《こころもち》こつちへ顏《かほ》を向《む》けて――その顏《かほ》が笑《わら》つてゐる。お惠《けい》は耳《みゝ》まで眞赤《まつか》になつた。そして手《て》を擧《あ》げた。

が、胸《むね》のところしかあがらない……。

ラッパの音《ね》が遠《とほ》くなつた。

そして行《い》つてしまつた。

皆《みんな》は兵隊《へいたい》の殘《のこ》して行《い》つた革《かは》の匂《にほ》ひと埃《ほこり》の中《なか》に、何時迄《いつまで》も立《た》ちどまつて見送《みおく》つてゐた。――

六

「あれは口の二つあるダニだよ」

「お茶《ちや》ば飲《の》みに來《こ》ないか。旭川《あさひがは》の人《ひと》も來《く》るし、二三人《にん》寄《よ》るべから。」

前《まへ》から伴《はん》や阿部《あべ》のところに、四五人集《にんあつま》ることのあるのは知《し》つてゐた。健《けん》は始《はじ》めてだつた。

仕事《しごと》が終《をは》つてから、藁屑《わらくづ》のついた着物《きもの》を別《べつ》なのに着《き》かへて出掛《でか》けた。由三《よし》は獨《ひと》り言《ごと》を云《い》ひながら、壁《かべ》へ手《て》で犬《いぬ》や狐《きつね》の恰好《かつかう》の影《かげ》をうつして遊《あそ》んでゐた。

「兄《あん》ちや何處《どこ》さ行《い》ぐ？――由《よし》も行《い》ぐ。」

出口《でぐち》までついて來《き》て、駄々《だだ》をこねた。

もう秋《あき》めいてゐる。夜空《よぞら》に星《ほし》が水《みづ》ッぽい匂《にほ》ひをさせて一杯《ぱい》にきらめいてゐた。實《みの》りの薄《うす》い稻《いね》の輕《かる》いサラ〳〵した音《おと》がしてゐた。

政府《せいふ》の「米買上《こめかひあ》げ」と不作《ふさく》の見越《みこ》しで、米《こめ》の値《ね》は「鰻上《うなぎあが》り」に上《あが》つてきてゐる。然《しか》しその餘澤《よたく》の一ツこぼれさへ百姓《ひやくしやう》にはこぼれて來《こ》ない。――今時米《いまどきこめ》を手持《ても》ちしてゐるのは誰《だれ》だらう。百姓でだけはない。みんな一番安《ばんやす》い十一月《ぐわつ》、十二月《ぐわつ》に俵《たはら》の底《そこ》をたゝいてしまつてゐる。――どんな百姓《ひやくしやう》でも「米買上《こめかひあ》げ」が自分達《じぶんたち》には「クソ」にもならないことだけは知《し》つてゐた。

「んでも、政府《せいふ》さんのする事《こと》だもの、やつぱし深《ふか》い考《かふ》えあるんだべよ。」と云《い》つてゐた。

健《けん》がムキになつて「買上《かひあ》げ」をコキ下《おろ》したとき、佐々爺《さゝちい》が手《て》に持《も》つてゐた新聞《しんぶん》をたゝいて、

「え、え、え、東京新聞《とうきやうしんぶん》も碌《ろく》ツた見《み》もしねえで、何分《なにわか》るツて！ お前《め》えみだいた奴《やつ》の、小《ちい》さい百姓《ひやくしやう》の頭《あたま》で何《なに》が分《わか》るツてか。お前《め》えより千倍《ばい》も偉《えら》い、學問《がくもん》のある東京《とうきやう》の人《ひと》が考《かんが》えて、考《かんが》えて決《き》めた事《こと》だんだ。——東京新聞《とうきやうしんぶん》ば讀《よ》め！ 東京新聞《とうきやうしんぶん》ば讀《よ》んでからもの云《い》ふんだ。えゝか！」——顏《かほ》をクシャ〱にさせた。

今年《ことし》はこの後《のち》若《も》し雨《あめ》にでも降《ふ》られゝば「事《こと》」だつた。

阿部《あべ》の家《うち》の前《まへ》の暗《くら》がりで、不意《ふい》に犬《いぬ》が吠《ほ》え立《た》つた。家《うち》の中《なか》から誰《だれ》か犬《いぬ》の名《な》を呼《よ》んでゐる。小《ちい》さい窓《まど》を大《おほ》きく影《かげ》が横切《よこぎ》つて、すぐ入口《いりぐち》の戸《と》が開《あ》いた。阿部《あべ》が顏《かほ》を出《だ》した。

旭川《あさひがは》の人《ひと》はまだ來《き》てゐなかつた。

八人《にん》程《ほど》集《あつ》まつてゐたが、若《わか》いものは健一人《けんひとり》だけで、皆家《みないへ》をもつてゐる農場《のうぢやう》でも眞面目《まじめ》な年輩《ねんぱい》の小作《こさく》ばかりだつた。それは意外《いぐわい》だつた。健《けん》は漠然《ばくぜん》と若《わか》い人達《ひとたち》ばかりと思《おも》つてきたのだ。——然《しか》し、その人《ひと》達《たち》を見《み》ると、やつぱりこれが本當《ほんたう》だと思《おも》はさつた。太《ふと》い、ガッシリした根《ね》が、眼《め》には見《み》えず農場《のうぢやう》の底《そこ》深《ふか》くに、しつかり据《す》えられてゐるのを感《かん》じた。

「作《さく》」のことが、やつぱり話《はなし》に出《で》てゐた。

吉本管理人《よしもとくわんりにん》は、いくら田《た》を見《み》せて頼《たの》んでも、決《けつ》してそのまゝ岸野《きしの》に知《し》らせてやつてはくれなかつた。裏《うら》では、吉本《よしもと》を本名《ほんみやう》で呼《よ》ぶものはゐない。「蛇吉《じやきち》〳〵」と云《い》つてゐる。管理人《くわんりにん》だから默《だま》つてゐるけれども、誰《たれ》かに不幸《ふかう》があつたとき、地主《ぢぬし》が小作人《こさくにん》に送《おく》つて寄《よこ》す「香奠《かうでん》」から頭を割つた。自分《じぶん》ですつかり書《か》き直《なほ》して、それから小作《こさく》のところへ香奠《かうでん》を持《も》つてきた。道路《だうろ》や灌漑溝《くわんがいこう》の修繕工事《しうぜんこうじ》をすると云《い》つて、日雇賃《ひやとひちん》を地主《ぢぬし》から出《だ》さして置《お》いて、小作人《こさくにん》を無償《ただ》で働《はたら》かし、それをマンマと自分《じぶん》のものにしてしまつた。小作料《こさくれう》の更新《かうしん》をするぞ、とおどかして、「坪刈《つぼかり》」にやつてくる。然《しか》し本當《ほんたう》は嘘《うそ》で、自分《じぶん》の家《いへ》に何百《なん》羽《ば》と飼《か》つてある鷄《にはとり》や鵞鳥《がてう》や七面鳥《めんてう》のエサにするための口實《こうじつ》でしかなかつた。

この「蛇吉《じやきち》」はH町《まち》のある料理屋《れうりや》の白首《しらくび》を妾同様《めかけどうやう》にして通《かよ》つてゐた。

「地主《おぬし》さんより上《う》ワ手《て》だ。——地主《ぢぬし》さんはさう惡《わる》くないんだ。吉本《よしもと》よ、あの蛇吉《じやきち》よ！」

小作人《こさくにん》のうちではさう云《い》つてゐる。

「あれアダニだよ。」

「口《くち》の二《ふた》つあるダニだ。」——健《けん》は自分《じぶん》で赤《あか》くなつて云《い》つた。「一《ひと》つで地主《ぢぬし》の血《ち》ばとつて、もう一《ひと》つで小《こ》作《さく》から吸《す》ふんだ。」

「ん。」

「地主《ぢぬし》からなら吸《す》ふ血《ち》があるべども……」

健《けん》が云《い》ひかけると、みんな云《い》はせないで、「それさ。そこさ。それが大切《たいせつ》などこさ。」——伴《はん》がガラガラな大聲《おほごゑ》をたてた。

「××××××、彼奴《あいつ》ば一番先《ばんさき》にヤルんだ。」

「血　書」

「健《けん》ちや、××よかつたな。大《たい》した儲《まう》けだな。」——近所《きんじよ》の小作《こさく》だつた。紙捻《かみより》を煙管《きせる》の中《なか》に通《とほ》してゐた。「石山《いしやま》の信《しん》ちやとられたものな。」

「ん、ん、可哀相《かあいさう》なことした。」

「ところが、信《しん》ちや喜《よろこ》んでるんだとよ。——兵隊《へいたい》さ行《い》つたら、毎日芋《まいにちいも》と南瓜《かぼちや》ばかり食《く》つてなくてもええべし、仕事《しごと》だつてこの百姓仕事《しごと》より辛《つら》い筈《はず》もなし、んだら一層《そう》のこと行《い》つた方《はう》えゝべッて……」

「まさか……」

「んでもよ、働《はたら》き手《て》ば抜《ぬ》かれてしまふべ、行《え》けるんだら親子みんなで行《い》きたいッてよ。」

「ドン百姓からばかし××××やがるんだものな。一番多《ばんおほ》いさうだ。」

「嘘《うそ》か本當《ほんたう》かな。」――阿部《あべ》が云《い》つた。「こんなこと聞《き》いたど。村長《そんちやう》が徴兵檢査《ちようへいけんさ》に行《い》つたものゝうちで、採否《さいひ》の分《わか》らねえやうなものに、こつそり血書ばさせて、村《むら》の名譽《めいよ》にしやうとしたつて……」

皆一寸《みなちよつと》だまつた。「へえ！」

「んかな……」

「まさかよ。」

「俺《おれ》ありさうだつて思《おも》ふんだ。」――阿部《あべ》は何時《いつ》もの癖《くせ》で、自分《じぶん》の手《て》の爪《つめ》の先《さき》を見《み》ながら、隅《すみ》の方《はう》でゆつくり云《い》つた。

「村長一人《そんちやうひとり》の考《かんが》へからでもないんだ。絲《いと》をひいてる奴《やつ》がゐるんだ。――農村青年《のうそんせいねん》の思想惡化《しさうあくくわ》だなんて、彼奴等《あいつら》青《あを》くなつてるんだから夢中《むちう》よ。――此頃《このごろ》の北海《ほくかい》タイムスや小樽新聞《をたるしんぶん》の農村欄《のうそんらん》ば見《み》れ。ヤレ農村《のうそん》美談《びだん》だ、ヤレ何々村《なにくむら》の節婦《せつぷ》だ、孝子《かうし》だ、ヤレ何青年團《なにこせいねんだん》の美擧《びきよ》だ、ヤレ何《なん》の記念事業《きねんじげふ》だツて、ムキになつて農村《のうそん》の太皷《たいこ》ばたゝいてゐるんでねえか。――所《ところ》が、實際《じつさい》の農村《のうそん》はどうだ。――彼奴等《あいつら》は死《し》に物狂《ものぐる》ひだんだ。何時迄《いつまで》も百姓《しやう》ばチッとさせて、何時迄《いつまで》も勤勉《きんべん》に仕事《しごと》ばさせて置《お》くためには新聞《しんぶん》でこい、雜《ざつ》誌《し》でこい、紀元節《きげんせつ》でこい、徴兵檢査《ちようへいけんさ》でこい、青年訓練所《せいねんくんれんじよ》でこい、機動演習《きどうえんしふ》でこい、學校《がくかう》でこい、みんなその目當《めあ》てのためにドンく使《つか》つてしまふんだ。仲々《なかく》それも一寸見《ちよつとみ》は分《わか》らないやうにやるんだから危《あぶな》いんだ。——水《みづ》も洩《も》らさない。何《な》んにも知《し》らない百姓は、んだからウマ〳〵と、そのからくりに引《ひ》懸《か》かつてしまふんだ。」

「面倒《めんだう》だて！」——伴《ばん》は日《ひ》焼《や》けした顔《かほ》を大《おほ》げさにしかめた。「仲々《なか〳〵》な！」

「はがゆくてもよ、豆粒《まめつぶ》みたいによ、俺達《おれたち》のどこさよ、一人《ひとり》々々よ、××して來《く》るんだな。」

「何《な》アんでも一人《ひとり》ぢや脆《もろ》いもんぢや。」——畑《はたけ》か田《た》のことより知《し》らない、齒《は》の拔《ぬ》けてゐる四號《がう》の茂《しげ》さんが(！)そんな事《こと》を云《い》ふ。

農民組合の荒川さん

表《おもて》で犬《いぬ》が吠《ほえ》た。

「荒川《あらかは》さんだべ。」——阿部《あべ》が立《た》つて行《い》つた。

「や、失敬《しつけい》々々。」

さう云《い》つて、ズックの鞄《かばん》をドサリと投《な》げ出《だ》した。瘦形《やせがた》の、少《すこ》し左《ひだり》の肩《かた》が怒《いか》つてゐる二十二三の人《ひと》だつた。髮《かみ》を長《なが》くしてゐた。

「ご苦勞《くらう》さまでしたな。」

「イヤ、イヤ。」

荒川《あらかは》は上《あが》つてくると、「ヤア。」と云《い》つて、元氣《げんき》よく皆《みな》に頭《あたま》を下《さ》げた。そして眞黑《まつくろ》に汚《よご》れた手巾《はんけち》で、顔《かほ》から首《くび》をゴシ〳〵こすつた。

「作《さく》は惡《わる》いね。――今年《ことし》はこれア大《たい》したことになるね。」

「岸野《きしの》さんがドウ出《で》るか……」

「どう出《で》るかつて？――」

後《あと》は笑談《じやうだん》のやうに笑《わら》ひながら、

「そんなこと岸野《きしの》の農場《のうぢやう》で十年《ねん》も小作《こさく》をしてゐれば、もう分《わか》つてもいゝ頃《ころ》だらう――なア！」

皆笑《みなわら》つてしまつた。

聞《き》き易《やす》いテキパキした調子《てうし》で、時々《ときどき》笑《わら》はせながら、色々《いろ〳〵》のことを話《はな》してくれた。

――秋田《あきた》には「青田《あをた》を賣《う》る」といふことがある。それは新《あたら》しい小作《こさく》××で、立毛差押《たちげさしおさ》へや立入禁止《たちいりきんし》など喰《く》らひさうに思《おも》ふと、小作人《こさくにん》が先手《せんて》を打《う》つて、夏頃《なつごろ》に出穗《でほ》を豫想《よさう》して、青田《あをた》のうちに商人《しやうにん》に賣《う》つてしまふのだつた。金《かね》にして持《も》つてしまへば、こつちのものだつた。――どうだい、やつてみないか、と荒川《あらかは》が笑談《じやうだん》のやうに云《い》つた。

近邊《きんぺん》の農村《のうそん》を廻《まは》つて歩《ある》いてゐると、農村《のうそん》の生活水準《せいくわつすゐじゆん》がだん〳〵下《さ》がつて行《ゆ》くのが分《わか》る。益々《ます〳〵》下《さ》がつて行《ゆ》く。いくら村長《そんちやう》や警察署長《けいさつしよちやう》が「農村《のうそん》の美風《びふう》」をかついで、ムキになつたつて、食《く》ひなくなれば、どうしても地主様《ちぬしさま》に「××ひ」しなければならなくなる。

それに、かうなつて來《く》ると、困《こま》るのは水呑《みづの》み百姓《しやう》ばかりでなしに、なまぢッか十町《ちやう》、二十町歩位《ちやうぶぐらゐ》の田畑《でんぱた》を持《も》つてゐる「地主《ちぬし》」で、反當《たんあた》りで計算《けいさん》してみても、灌漑費《くわんがいひ》、排水費《はいすゐひ》、反別割《たんべつわり》、其他《そのた》の税金《ぜいきん》、生《せい》活費用《くわつひよう》を見《み》積《つも》ると、そこから上《あが》る六、七斗《と》の小作料《こさくれう》では引《ひ》き合《あ》はなくなつてきてゐた。――田《た》に修繕《しうぜん》を加《くは》へて、少《すこ》しでも上《あが》り高《だか》を多《おほ》くしやうとすれば、どうしてもそれを拓殖銀行《たくしよくぎんかう》へ抵當《ていたう》に入《い》れて「年賦《ねんぷ》償還《しやうくわん》」の貸《か》し付《つけ》を受《う》けなければならない。だが、さうすれば、今度《こんど》は益々《ますます》引《ひ》き合《あ》はなくなる。大地主《おほぢぬし》の存在《そんざい》がヂリヽヽと壓迫《あつぱく》してゐた。小作人《こさくにん》より苦《くる》しんでゐた。その癖《くせ》、俺《おれ》は地主様《ちぬしさま》だといふ氣持《きもち》を、どうしても無《な》くしない。どんなにヒッつぶれても、小作人達《こさくにんたち》と同《おな》じ人間《にんげん》にされてたまるもんか、さう思《おも》つてゐる。

健《けん》の家《いへ》と川《かは》を隔《へだ》てゝ向《むか》ひ合《あ》つてゐる越後《ゑちご》から移轉《いてん》してきてゐる廣瀬《ひろせ》がそれだつた。――頸《くび》がギリギリに廻《まは》らなくなつてゐるのに、土地《とち》も自分《じぶん》のものでなくなつてゐるのに、自分《じぶん》の子供《こども》が由三《よし》達《たち》と遊《あそ》ぶことを嫌《きら》つた。――「なんぼ成《な》り下《さ》がつたつて……」

荒川《あらかは》は硫《い》黄《わう》分《ぶん》でインキのやうに眞黒《まつくろ》になつてゐるお茶《ちや》を飲《の》みながら、内地《ないち》の農民《のうみん》の話《はなし》をした。――

内地《ないち》では、小作《こさく》××で「ドンツキ」をやる。小作人《こさくにん》が×××無理矢理《むりやり》ひつぱつてきて、逆《さか》さにつるして灌漑溝《くわんがいこう》の水《みづ》につけたり、上《あ》げたりやる。然《しか》し北海道《ほくかいだう》のやうに、小作《こさく》と一緒《しよ》に村《むら》に住《す》んでゐる地主《ぢぬし》がゐないので、「殘念《ざんねん》ながら、ドンツキは出來《でき》ない。」

「若《も》しか岸野《きしの》ばしたら、どうだべ。」――一人《ひとり》がいたづらに云《い》つた。

「岸野《きしの》か、さうだな……」

「そんな手荒《てあら》なこと、なんぼ岸野《きしの》さんだつてな……」

荒川《あらかは》はだまつてきいてゐた。

「あれだら、仲々《なかなか》我《が》ん張《ば》るど。」

「あの面《つら》だものな！」

「そんな事《こと》……馬鹿《ばか》だな……」

「なんぼ岸野《きしの》だつて、こつちは兎《と》に角人數《かくにんず》は多《おほ》いんだからな。」

「ハ、、、、今度《こんど》いくらでも實驗《じつけん》できる時來《ときく》るさ。」

荒川《あらかは》は愉快《ゆくわい》に笑《わら》つた。――

荒川《あらかは》は何時《いつ》でも警察《けいさつ》に尾行《あと》をつけられたり、何囘《なんくわい》も刑務所《けいむしよ》へブチ込《こ》まれたりしながら、この方《はう》の×

×をしてゐた。――健《けん》もそれは聞《き》いてゐた。然《しか》し、どうしてこんなに呑《の》ん氣《き》さうに、愉快《ゆくわい》でゐることが出來《でき》るんだらう。――健《けん》にはそれは分《わか》らなかつた。

ロシア××前《ぜん》と後《ご》とで、ロシアの百姓《しやう》はどういふ風《ふう》に變《かは》つたか、これが百姓本來《ひやくしやうほんらい》の要求《えうきう》にどんなにピッたり合《あ》つたか。――さういふ話《はなし》をきくと、自分達《じぶんたち》が實際《じつさい》にやつてゐる生活《せいくわつ》のことで、しかも誰《たれ》もがそれと氣付《きづ》かなかつたことが、ハッキリしてきた。

次《つぎ》の朝《あさ》は早《はや》いし、家《いへ》が遠《とほ》いので、健《けん》は中座《ちうざ》した。

「小便《せうべん》たまつた。」

阿部《あべ》がついでに外《そと》へ立《た》つた。

「阿部《あべ》さん、俺《おれ》も一生《しやう》ケン命《めい》やるから、何《なに》か用《よう》でも出來《でき》たら、させてけないか。」

健《けん》は興奮《こうふん》を抑《おさ》え、抑《おさ》え、阿部《あべ》の顏《かほ》を見《み》ないで云《い》つた。――たつたそれだけのことで、健《けん》は言葉《ことば》が顫《ふる》えさうでならなかつた。

「さうか、さうか！　頼《たの》む！」

上氣《じやうき》した頰《ほゝ》に、冷《ひ》えた夜氣《やき》が心《こゝろ》よかつた。――秋《あき》だつた。歩《ある》きながら、彼《かれ》は何《なに》か聲《こゑ》を出《だ》したかつた。

「待《ま》つてろ、待《ま》つてろ、俺《おれ》だつて！」

何度《なんど》も獨《ひと》り言《ごと》した。

やもめの「勝」

道路《だうろ》を折《を》れると、やもめの「勝《かつ》」の家《いへ》だつた。長《なが》い雨風《あめかぜ》で、ボロ〳〵に腐《くさ》れ切《き》つたヨロ〳〵の藁小《わらご》屋《や》で、風《かぜ》が強《つよ》いと危《あぶな》いので、丸太《まるた》二三本《ぼん》を家《いへ》の後《うしろ》へ支棒《つかへぼう》にしてゐた。――四五年前《ねんまへ》に夫《をつと》に死《し》なれてから、一人《ひとり》で稼《かせ》いでゐた。それから一年《ねん》に一人《ひとり》づゝ、お互《たがひ》に少《すこ》しも顔《かほ》の似《に》てゐない子供《こども》を三人《にん》生《う》んだ。誰《たれ》が父親《ちゝおや》か分《わか》らなかつた。――色々《いろ〳〵》な男《をとこ》がこつそり勝《かつ》の家《いへ》へやつてきた。勝《かつ》はそれで暮《くら》しを立《た》てゝゐた。――村《むら》の娘等《むすめら》は少《すこ》し年頃《としごろ》になると、(例《たと》へばキヌなどのやうに)札幌《さつぽろ》、小樽《をたる》へ出《で》て行《い》つてしまふ。自分《じぶん》の母親達《はゝおやたち》のやうに、泥《どろ》まみれになつて、割《わり》の悪《わる》い百姓仕事《ひやくしやうしごと》をし、年《とし》を老《と》る氣《き》にはなれない。それで村《むら》の若《わか》い男《をとこ》は幾《いく》つになつても、仲々《なか〳〵》嫁《よめ》は貰《もら》えなかつた。と云《い》つて、又金《またかね》を懐《ふところ》にしてワザ〳〵H町《まち》まで出掛《でか》けて行《ゆ》くことの出來《でき》ないものは、日《ひ》が暮《く》れると、勝《かつ》のところへやつてきた。

ひよいと見《み》ると、勝《かつ》の家《いへ》から誰《たれ》か男《をとこ》が出《で》てきた。出口《でぐち》の幅《はゞ》だけの光《ひかり》を身體《からだ》の半面《はんめん》にうけて、それがこつちから見《み》えた。――武田《たけだ》だ！　偉《えら》いこと云《い》つて！――健《けん》は武田《たけだ》のさういふ處《ところ》を見《み》たのが愉快《ゆくわい》でたまらなかつた。

今《いま》に見《み》ろ、畜生《ちくしやう》！

七

七之助の手紙

畑《はたけ》から歸《かへ》つてくると、母親《はゝおや》がプリ〳〵怒《おこ》つてゐる。

「見《み》れでよ。切手不足《きつてふそく》だつて、無《ね》え金《かね》ば六錢《せん》もふんだくられた。」

手紙《てがみ》は七之助《のすけ》から來《き》てゐた。——健《けん》は泥足《どろあし》も洗《あら》はずに、爐邊《ろはた》へずツて行《い》つて、横《よこ》になりながら封《ふう》を切《き》つた。

朝《あさ》五時《じ》に起《お》きて、六時《じ》には工場《こうぢやう》に行《い》つてゐる。油《あぶら》でヒンやりする、形《かたち》の無《な》くなつた帽子《ばうし》をかぶり、背中《せなか》を圓《まる》くし、辨當《べんたう》をブラ下《さ》げて出掛《でか》けて行《ゆ》く。俺《おれ》の前《まへ》や後《うしろ》にも、やつぱりさういふ連中《れんちう》が元氣《げんき》のない恰好《かつかう》で急《いそ》いで行《ゆ》く。——工場《こうぢやう》では、ボヤ〳〵してゐられない。朝《あさ》の六時《じ》から晩《ばん》の五時迄《じまで》、弓《ゆみ》の弦《つる》のやうに心《こゝろ》を張《は》つてゐなければならない。

俺《おれ》が來《き》てから、仲間《なかま》の若《わか》い男《をとこ》が二人《ふたり》機械《きかい》の中《なか》にペロ〳〵とのまれてしまつた。ローラーからは、人《にん》間《げん》が大巾《おほはゞ》の雑巾《ざふきん》のやうな挽《ひ》き肉《にく》になつて出《で》てきた。一人《ひとり》の方《はう》の女房《にようばう》は、それから淫賣《いんばい》をやつて、子供《こども》を育《そだ》てゝゐるといふ評判《ひやうばん》をきいた。もう一人《ひとり》は青森《あをもり》の小作《こさく》の三男《なん》ださうだ。背《せ》がゾッとする。

工場《こうぢやう》は大《おほ》きな機械《きかい》の廻《まは》る音《おと》で、グッン〳〵してゐる。始《はじ》めの一週間《しうかん》は家《いへ》へ歸《かへ》つても、耳《みゝ》も頭《あたま》もグヮン〳〵して、身體《からだ》がユキ〳〵し、新聞《しんぶん》一枚《まい》讀《よ》めなかつたものだ。——俺《おれ》はこのまゝ馬鹿《ばか》になつてしまふんではないか、と思《おも》つた。今《いま》は慣《な》れた。

此前《このまへ》キヌと會《あ》つた。キヌは岸野《きしの》の經營《けいえい》してゐる「ホテル」にゐる。——岸野《きしの》は雜穀《ざつこく》、海産《かいさん》、肥料問屋《ひれうとひや》、ホテル、××工場《こうぢやう》、精米株式會社《せいまいかぶしきくわいしや》を經營《けいえい》し、取引所會員《とりひきじよくわいゐん》、拓殖銀行其他《たくしよくぎんかうそのた》の株主《かぶぬし》、商業會議所議員《しやうげふくわいぎしよぎゐん》、市會議員《しくわいぎゐん》をやつてゐる。他《ほか》に何《なん》千町歩《ちやうぶ》といふ農場《のうぢやう》や牧場《ぼくぢやう》も持《も》つてゐるわけだ。

岸野《きしの》が賣《う》り殘《のこ》して年《とし》を越《こ》したゝめに、檢査《けんさ》に落《お》ちて、どうにもならなくなつた鰊粕《にしんかす》を、俺達《おれたち》の農場《のうぢやう》の方《はう》へ送《おく》り込《こ》んで寄《よ》こして、それを檢査品《けんさひん》と同《おな》じ値段《ねだん》で賣《う》つてゐることは、知《し》つてゐる筈《はず》だ。然《しか》しあの岸野《きしの》にしたら、こんな事《こと》ものゝ數《かず》でもない。

キヌが云《い》つてゐたが、ホテルには二十人近《にんちか》く女給《ぢよきふ》がゐる。——岸野《きしの》が一週間《しうかん》に二度位《どぐらゐ》廻《まは》つて行《ゆ》くと、必《かなら》ず自分《じぶん》の室《へや》から女給《ぢよきふ》を呼《よ》ぶ。そして肩《かた》をもませた。皆《みな》は自分《じぶん》に順番《じゆんばん》のくるのをどうすることも出來《でき》ず、たゞ待《ま》つてゐるばかりだ。嫌《いや》なら出《で》て行《ゆ》け、然《しか》し出《で》て行《ゆ》ける「金《かね》の持《も》つてゐる」女《をんな》なら、最初《さいしよ》からそんな處《ところ》に來《く》る筈《はず》がない。みんな家《いへ》の暮《くら》しのために、村《むら》から出《で》てきた、云《い》はゞ俺達《おれたち》と同《おな》じ仲間《なかま》なのだ。——中《なか》には、落着《おちつ》いて髮《かみ》を直《なほ》しながら、ドアーから出《で》てくるものもある。然《しか》し大抵《たいてい》外《そと》へ出《で》るなり、フッと泣《な》き出《だ》してしまふ。見《み》てゐられないさうだ。岸野《きしの》は來《く》る度《たび》にキマッてさうした。

岸野《きしの》が一體どんな事《こと》をしてゐるのか、百姓達《ひやくしやうたち》は、ちつとも知《し》つてゐない。——こゝに來《き》て、それが始《はじ》めて分《わか》つた。阿部《あべ》さんに紹介《せうかい》されて來《き》た人達《ひとたち》は、こゝで勞働問題《らうどうもんだい》などを研究《けんきう》してゐる。俺《おれ》は何《なに》も分《わか》らなかつたが、すゝめられて出《で》てゐる。出《で》てよかつた。俺《おれ》は色々《いろ〳〵》のことをそこで知《し》つた。

百姓《ひやくしやう》のことでは、特別《とくべつ》に皆《みな》から聞《き》いた。百姓《ひやくしやう》といふものは、今《いま》のこの世《よ》の中《なか》では何處《どこ》迄《まで》行つても、——行《ゆ》けば行《ゆ》くほど慘《みじ》めになるものだ、といふ事《こと》を知《し》つた。

假《か》りに百姓《ひやくしやう》が自分《じぶん》の田畑《たはた》を持《も》つてゐて、小作料《こさくれう》を拂《はら》ふことも要《い》らず、必要《ひつえう》なものは全部《ぜんぶ》自分《じぶん》の家《いへ》でこしらへ、物《もの》を賣《う》ることも、買《か》ふこともなかつたら、それは幸福《かうふく》かも知《し》れない。——然《しか》しこんな處《ところ》が世界《せかい》の何處《どこ》を探《さが》したつて、無《な》いこと位《くらゐ》は分《わか》りきつたことだ。

都會《とくわい》にゐればよく分《わか》ることだが、大工場《だいこうぢやう》では生活《せいくわつ》に必要《ひつえう》な品物《しなもの》をドン〳〵作《つく》り出《だ》してゐる。それが大洪水《だいこうずゐ》のやうに農村《のうそん》を目《め》がけて、その隅々《すみ〴〵》も洩《も》らさずに流《なが》れ込《こ》んで行《ゆ》く。さうなつて來《く》れば、もう土《ど》間《ま》にランプを下《おろ》して、繩《なは》を編《あ》んだり、着物《きもの》を織《お》つたりしてゐたつて間《ま》に合《あ》はなくなつてしまふ。追《お》ッ付《つ》くものでない。——北海道《ほくかいだう》では何處《どこ》だつて、出稼《でかせ》ぎは別《べつ》にして、冬《ふゆ》の內職《ないしよく》などするものがなくなつてしまつてゐるではないか。

百姓は、だからどんなものでも買はなければならなくなる。——で、要《い》るものは金《かね》だ。百姓が金《かね》を手《て》に入《い》れる道《みち》はたつた一《ひと》つしかない。出來上《できあが》つたものを賣《う》ることだ。——ところが、世界中《せかいぢう》で一番《ばん》ものを下手糞《へたくそ》に賣《う》るものは百姓だ。

健《けん》ちやも知《し》つてゐるだらふが、村《むら》で都會《とくわい》の商品市場《しやうひんいちば》がどう變化《へんくわ》してゐるか、又《また》かう變化《へんくわ》しさうだから賣《う》るとか、賣《う》らないとか、秋《あき》にそんなことを考《かんが》へて賣《う》つたりする百姓が一人《ひとり》でもゐるか。どうして、どうしてだ。

三年前《ねんまへ》に、青豌豆《あをゑんどう》の値《ね》が天井知《てんじやうし》らずに飛《と》び上《あが》つたことがある。知《し》つてるな。和蘭《オランダ》が不作《ふさく》のために、倫敦《ロンドン》から大口《おほぐち》の注文《ちうもん》があつたからだ、とあの時《とき》は皆云《みない》つてゐたさ。ところが、今度《こんど》小樽《をたる》へ出《で》て聞《き》いてみると、さうでないんだ。その事《こと》もあるにはあつた、が小樽《をたる》の大問屋《だいとんや》で、大貿易商《だいぼうえきしやう》である園が、高《たか》く賣《う》り飛《と》ばすために、買《か》ひ集《あつ》めてしまつてから、さう宣傳《せんでん》したさうだ。——山《やま》の方《はう》の百姓はそんな事《こと》は知《し》るもんでない。

次《つぎ》の年《とし》、どの百姓も皆青豌豆《みなあをゑんどう》、青豌豆《あをゑんどう》と青豌豆《あをゑんどう》を作《つく》つたものだ。そして一年《ねん》の丹精《たんせい》をして、大成金《おほなりきん》を夢見《ゆめみ》て、さて秋《あき》が來《き》たときどうだ！　ガラ落《お》ち！——和蘭《オランダ》が大豐作《だいほうさく》だと云《い》ふ。然《しか》し本當《ほんたう》はそれも七分《ぶ》の嘘《うそ》。落《おと》すにいゝだけ落《おと》して、安《やす》く〳〵買《か》ひ集《あつ》めたのは大問屋《おほどひや》だつた。そのカラクリは仲々《なか〳〵》分《わか》るものでない。――首《くび》を縊《くゝ》つた百姓《しやう》、夜逃《よに》げした百姓《しやう》が何人《なんにん》あの年《とし》ゐたか。都會《とくわい》が凡《すべ》ての支配權《しはいけん》を握《にぎ》つてゐるのだ。

かういふ世界《せかい》へ百姓《しやう》が首《くび》をつん出《だ》して、うまく行《ゆ》く筈《はず》がない。山《やま》の中《なか》にゐて、市場《しぢやう》の景況《けいきやう》もあつたものでない。工場《こうぢやう》などでは、昨日原料《げんれう》を仕入《しい》れば、明日にはもう賣《う》り出《だ》せるやうに品物《しなもの》が出來上《できあが》る。それが一年中《ねんぢう》切《き》れ間《ま》もなしに續《つゞ》けられるし、賣《う》れ工合《ぐあひ》によつては、自由《じいう》に出來高《できだか》の加減《かげん》もその日《ひ》〳〵のうちに出來《でき》る。ところが百姓《しやう》はどうだ。――原料《げんれう》を一回《くわい》仕入《しい》れて、その第《だい》一回目《くわいめ》の品物《しなもの》が出來上《できあが》る迄《まで》に一年！　この融通のきかなさ！　これだけでも分《わか》る。

工場《こうぢやう》に入《はひ》つて驚《おどろ》いたけれども「機械《きかい》」だ。假《か》りに一人《ひとり》の男《をとこ》が毎日毎晩働《まいにちまいばんはたら》いて、一年《ねん》もかゝる位《くらゐ》の分《ぶん》量《りやう》の仕事《しごと》を一日位《にちぐらゐ》でしてしまふ。――そんな機械《きかい》でばかり工場《こうぢやう》が出來上《できあが》つてゐる。俺達《おれたち》はたゞ機械《きかい》のそばについてゐて、手《て》だけ動《うご》かしてゐればそれでいゝ。ところが、その眼《め》で農村《のうそん》を見《み》れば、まるで居《ゐ》眠《ねむ》りでもしたくなる程《ほど》のんびりと昔風《むかしふう》でないか！――追《お》ひ付《つ》けるものでない。

都會《とくわい》にゐる地主《ぢぬし》でも、そんなワケで、地主《ぢぬし》だけではとても眼《め》まぐるしいこの社會《しやくわい》に、太刀打《たちう》ちが出《で》來《き》て行《ゆ》かない。地主《ぢぬし》でも、百姓《しやう》からは出來《でき》るだけ澤山《たくさん》の小作料《こさくれう》を搾《しぼ》ればいゝといふ風《ふう》に、放《はつ》ッたらかして置《お》いて、ドン／＼別《べつ》な仕事《しごと》をやつてゐる。――丁度《ちやうど》、岸野《きしの》のやうにだ。――だから、例《たと》へて云《い》へば「人魚」のやうなものだらふ。

上半分《うへはんぶん》だけは「地主《ぢぬし》」だが、下《した》の半分《はんぶん》は「資本家《しほんか》」になつてゐる。ところが、下《した》の部分《ぶぶん》の資本家《しほんか》の方《はう》が、ドン／＼上《うへ》の地主《ぢぬし》の部分《ぶぶん》を侵《をか》して行《ゆ》く傾向《けいかう》ださうだ。――だから、今時《いまどき》の地主《ぢぬし》は地主自身《ぢぬしじしん》、小《こ》作人《さくにん》が可哀相《かあいさう》だとか、もう少《すこ》しこの社會《しやくわい》に當《あ》てはまるやうに改良《かいりやう》してやりたいとか、そんな事《こと》に少《すこ》しでもかまつてゐられない。逆《ぎやく》に自分《じぶん》の方《はう》がおかしくなる。小作《こさく》からは取《と》れるだけ取《と》つたら得《とく》、皆《みな》さう思《おも》つてゐる。

もう小作人《こさくにん》は地主樣《ぢぬしさま》を當《あ》てにして、何《なん》とかして下《くだ》さるだらふ、と待《ま》つてゐたら、百年經《ねんた》つたつて、待《ま》ちぼうけを食《く》ふのが落《お》ちだ。研究會《けんきうくわい》の人《ひと》が農村《のうそん》について云《い》つた。今《いま》のこの世《よ》の中《なか》の組織《そしき》――しくみが變《かは》らない以上《いじやう》、どんな事《こと》をしても農民《のうみん》は駄目《だめ》になつて行《ゆ》く。勿論《もちろん》この忙《いそが》しい都會《とくわい》の制度《せいど》に當《あ》てはまるやうに直《なほ》して行《ゆ》くこと、例《たと》へば百姓《ひやくしやう》がチリ／＼、バラ／＼に仕事《しごと》をすると、どうしたつてヒドイ眼《め》に合《あ》ふから、まア協同組合《けふどうくみあひ》、協同耕作《けふどうかうさく》協同經營《けふどうけいえい》そんなものでも作《つく》つて、中《なか》に入《はひ》る猾《ずる》い商人《しやうにん》に儲《まう》けさせない方法《はうはふ》もある、然《しか》しそれも程度《ていど》もので、ウマク行《ゆ》く筈《はず》がない。――だから、何《なん》と云《い》つたつて、ドン／＼小作《こさく》××をやつて、小作人《こさくにん》の生活《せいくわつ》を向上《かうじやう》させて行《ゆ》くことだ。これより無《な》い。――要《えう》するに、

×××のやうに勞働者《らうどうしや》と百姓《しやう》だけで×××××××××××、どうしてもウマク行《ゆ》かない。――皆《みな》この意見《いけん》だ。云《い》はれて見《み》れば、どれもこれも胸《むね》へピン〳〵來《く》るではないか。

農村《のうそん》に政治《せいぢ》、經濟《けいざい》の中心地《ちうしんち》があつたことがあるか。享樂《きやうらく》、外交《ぐわいかう》、流行《りうかう》、藝術《げいじゆつ》の中心地《ちうしんち》であつたことがあるか、――考《かんが》へるさへコツケイだ。昔《むかし》五つか六つでしかなかつた「都會《とくわい》」が短《みじか》い間《あひだ》にどんなに急激《きふげき》に殖《ふ》えたか。――人口《じんこう》から云《い》つても、もう半分以上《はんぶんいじやう》は都會《とくわい》に集《あつ》まつてしまつてゐる。これだけ見《み》ても分《わか》る。然《しか》し「都會《とくわい》」と「農村《のうそん》」は何處《どこ》まで行《い》つても敵《てき》、味方《みかた》ではないのだ。たゞ、今《いま》の世《よ》の中《なか》のしくみがさうさせてゐるので、で、そのやうに見《み》えてゐるだけだ。

岸野《きしの》のことでは面白《おもしろ》く話《はな》してくれた。――假《か》りにS村《むら》から年《ねん》五千圓《ゑん》上《あ》がるとすると、彼奴《あいつ》はそれをまづ拓殖銀行《たくしよくぎんかう》に預金《よきん》する。（一番上品《ばんじやうひん》に、知《し》らん振《ふ》りをしてゐるが、「銀行《ぎんかう》」といふものこそ、百姓《しやう》の××をしめる親方《おやかた》の總元締《そうもとじめ》であることを見《み》てゐる百姓《しやう》が一人《ひとり》でもゐるか！）――すると、その金《かね》は拓殖《たくしよく》銀行《ぎんかう》から、又農業資金《またのうげふしきん》として、年賦貸付《ねんぷかしつけ》になつて出《で》て行《ゆ》く。それを直接借《ちよくせつか》りるのは自作農《じさくのう》か△のやうなものだ。△が時々《ときどき》H町《まち》へ行《ゆ》くのは何《な》んのためだか、知《し》つてゐるか。あれは銀行《ぎんかう》から、年《ねん》一割位《わりぐらゐ》で金《かね》を借《か》りて、それを今度《こんど》は困《こま》つてゐる小作《こさく》に、月《つき》三分《ぶ》か四分《ぶ》で貸《か》してやるためなのだ。――だから△は他人《ひと》の金《かね》を右《みぎ》から左《ひだり》へ持《も》つて行《い》つたゞけで、三分《ぶ》にして年《ねん》三割《わり》六分《ぶ》、全く無償《たゞ》で二割《わり》六分《ぶ》（二割《わり》六分《ぶ》！）も儲《まう》けてゐるのだ。――その金《かね》が、先《さき》にS村《むら》から小作料《こさくれう》として取《と》り上《あ》げた金《かね》であつてみれば、同《おな》じ小作《こさく》は同《おな》じ金《かね》で、二回《くわい》も搾《しぼ》り上《あ》げられてゐることになる。

岸野《きしの》はその外《ほか》に拓殖銀行《たくしよくぎんかう》から株《かぶ》の配當金《はいたうきん》を受取《うけと》る。その金《かね》が矢張《やは》り、何處《どこ》からでもない、農村《のうそん》から搔《か》き集《あつ》めて來《き》た金《かね》でないか。三重《ぢう》！　又《また》、その金《かね》の一部《ぶ》は（例《たと》へば）俺達工場《わしたちこうぢやう》に投資《とうし》されて、俺達《おれたち》をしこたまコキ使《つか》つて、それをS村《むら》にウンと高《たか》く賣《う》りつけたとしたら、其處《そこ》で又同《またおな》じことが起《おこ》る。これで一體《たい》、同《おな》じ小作人《こさくにん》は何重《なんぢう》に搾《しぼ》り上《あ》げられることになるのだ。――彼奴等《あいつら》の仕事《しごと》はみんなかういふやうに關聯《くわんれん》があるのだ。

それに、このウマイ事《こと》を何時迄《いつまで》もウマク出來《でき》るやうに、岸野《きしの》は商業會議所議員《しやうげふくわいぎしよぎゐん》になつたり、市會議員《しくわいぎゐん》になつたりする。イザとなれば警察《けいさつ》とも道廳《だうちやう》とも、すつかりウマク行《ゆ》く。その職責《しよくせき》を持《も》つてゐれば、又《また》それを使《つか》つて、逆《ぎやく》に、自分《じぶん》の仕事《しごと》に都合《つがふ》のいゝ事《こと》が出來《でき》る。

假《か》りにS村《むら》がどうも思《おも》はしくなつた、とする。さうすれば、岸野《きしの》は自分《じぶん》の黨派《たうは》の議員《ぎゐん》をケシ立《た》てゝ、S村《むら》に鐵道《てつだう》をひかせる。停車場《ていしやば》をつける。さうすれば、附近《ふきん》の地價《ちか》が上《あが》る。宅地《たくち》にしてしまへば、收入《しうにふ》では大《たい》したちがひだ。――まづ、こんな工合《ぐあひ》だ。

百姓《ひやくしやう》はまだ〳〵色々《いろいろ》かういふ事《こと》が分《わか》つてゐない。

まだ〳〵分《わか》らないだらふ。然《しか》しな、健《けん》ちや、どんなに難《むづ》かしくても、長《なが》くかゝつても、俺達《おれたち》が一番《ばん》先《さき》に立《た》つて、やつて行《ゆ》かなければ、誰《たれ》もやつて行《ゆ》くものはないのだ。――阿部《あべ》さんからの話《はなし》だと、村《むら》にも旭川《あさひかは》の農民組合《のうみんくみあひ》から人《ひと》が來《き》て、會《くわい》をやつてるさうだ。健《けん》ちやも出《で》るやうにして、お互《たがひ》に呼《よ》びあつてしてゐたら、どんなによいかと思《おも》ふ。

キヌは村《むら》へ歸《かへ》るやうなことを云《い》つてゐた。よく分《わか》らないが、歸《かへ》らなければならなくなるだらふ、と云《い》つてゐた。――よく話《はなし》をきいてみれば、あれだつて可哀相《かあいさう》なものだ。あれが惡《わる》いばかりでない。百姓《しやう》の生活《せいくわつ》だよ。これから村《むら》がダン〳〵底《そこ》へ落《お》ちこんで行《ゆ》くと、キヌのやうな女《をんな》は、殖《ふ》えらさる一方《ぱう》だ。

健《けん》ちやのことはよく聞《き》きたがるが、節《せつ》のこともあるらしいので、知《し》らせてゐない。

「小樽《をたる》」と「S村《むら》」――上《うは》ツ面《つら》から見《み》たゞけでも、前《まへ》に云《い》つたことがハツキリ分《わか》る。――製罐工場《せいくわんこうぢやう》、拓殖《たくしよく》ビルディング、一流《りう》銀行《ぎんかう》、××工場《こうぢやう》、運河《うんが》、倉庫《さうこ》、公園《こうゑん》、大邸宅《だいていたく》、自動車《じどうしや》、汽船《きせん》、高架棧橋《コール・ピーヤー》……それ等《ら》が、まるで大《おほ》きな渦卷《うづまき》のやうに凄《すさま》しく入《い》れ亂《みだ》れ、喚《わめ》いてゐる。その雜沓《ざつたふ》する街《まち》を歩《ある》いてゐると、世界《せかい》の何處《どこ》に、あの泥《どろ》だらけの、腰《こし》のゆがんだ百姓《しやう》といふものがゐるか、と思《おも》はせられる。草《くさ》、山《やま》、稻《いね》、川《かは》、肥料《ひれう》、――これだけが農村《のうそん》だ！――だが、小樽《をたる》の人《ひと》は本當《ほんたう》の百姓《しやう》を眼《め》の前《まへ》で見《み》たことが、一度《ど》だつて無《な》いかも知《し》れない。

又《また》書《か》く。

たゞ俺達《おれたち》は何時《いつ》迄《まで》も「百姓《しやう》」「百姓《しやう》」ッて誤魔化《ごまくわ》されてゐないことだ。——これだけが大切《たいせつ》なことだ。

みんなに、よろしく。

こんな意味《いみ》のことが書《か》かれてゐた。——健《けん》は飯《めし》を食《く》ひながら、丁寧《ていねい》にそれをもう一度《ど》讀《よ》み直《なほ》した。

それから、それを持《も》つて阿部《あべ》のところへ出掛《でか》けて行《い》つた。

八

「百姓様になつた」

雨《あめ》が二週間《しうかん》以上《いじやう》も續《つゞ》いた。

初《はじ》め硝子《がらす》の管《くだ》のやうに太《ふと》い雨《あめ》が降《ふ》つた。雷《かみなり》が時々《ときどき》裂《さ》けるやうな音《おと》を立《た》てた。——何時《いつ》も薄暗《うすぐら》い家《いへ》の隅《すみ》までが、雨明《あめあか》りで明《あか》るく見《み》えた。

それが上《あが》らず、そのまゝ長雨《ながあめ》になつてしまつた。皆《みな》が當《あ》てにしてゐた雲《くも》の切《き》れ目《め》も無《な》くなつて、飽《あ》き〱する程《ほど》同《おな》じ調子《てうし》で、三日《か》も四日《か》も續《つゞ》いた。五日目《かめ》になると、小作《こさく》はあはて出《だ》した。居《ゐ》ても立《た》つても居《ゐ》られない。どこの家《いへ》でも百姓《しやう》が軒下《のきした》に立《た》つて、グヂョ〱に腐《くさ》りかけて、水浸《みづびた》りになつてゐる外《そと》を見《み》てゐた。

「何《な》んて百姓《しやう》つて可哀相《かあいさう》なもんだべな。」

佐々爺《さゝおやぢ》は東京新聞《とうきやうしんぶん》にも讀《よ》み飽《あ》きてしまつた。若《わか》いものゝ邪魔《じやま》になりながら、ゴロ〱してゐた。—

—「可《か》哀相《あいさう》に、手《て》も出《で》ない。——はがゆくつて、はがゆくつて！」—

稲《いね》が實《みの》を結《むす》びかけてゐた大切《たいせつ》な時《とき》を、雨《あめ》は二十日間《かかん》降《ふ》つてしまつた。所々《ところどころ》ポッン〱と散《ち》らばつてゐる小作《こさく》の家《いへ》は、置《お》き捨《す》てにされた塵芥箱《ごみばこ》のやうに意氣地《いくぢ》なく——氣抜《きぬ》けしてしまつた。

一回《くわい》仕入《しい》れた原料《げんれう》が出來上《できあが》る迄《まで》に一年《ねん》かゝる。——七之助《のすけ》はそれに驚《おどろ》いた。然《しか》し、それどころか！その一年目《ねんめ》にやうやく出來上《できあが》るものさへ、からではないか。——これぢや、あのめまぐるしい都會《とくわい》の色々《いろいろ》な産業《さんげふ》や工業《こうげふ》から時代《じだい》おくれになつて、農村《のうそん》が首《くび》をしめられ、落《お》ち込《こ》んで行《ゆ》くのは分《わか》りきつたことだ。

「百姓《しやう》嫌やになつた。」——健《けん》は集《あつ》まつてきた友達《ともだち》に云《い》つた。

仕方《しかた》がなくなると、紙《かみ》に線《せん》をひいて、皆《みな》で軍人將棊《ぐんじんしやうぎ》をやつた。——母親《はゝおや》は、風呂敷《ふろしき》のやうに皺《しわ》ッぽい、たるんだ乳房《ちぶさ》を赤子《あかご》の口《くち》にふくませながら、小《ちひ》さい切《き》り窓《まど》から雨《あめ》の外《そと》を、うつろに見《み》てゐた。こめかみを抑《おさ》えて、「あ――あ、雨《あめ》の音《おと》ば聞《き》いてれば頭痛《あたまいた》くなる。」

「S村《むら》の小作《こさく》が、身欠鰊《みがきにしん》みたいに、ズラリ並《なら》んで首《くび》でもつる時來《ときく》るべ。んだら見物《みもの》だ。」

然《しか》し誰《たれ》も笑《わら》へもしない。

五、六人《にん》で傘《かさ》をさして、近所《きんじよ》の田《た》を見《み》るに出《で》た。誰《たれ》かゞついでに「蛇吉《こやきち》」に寄《よ》つてみやうと云《い》つた。何《なに》かと話《はな》して置《お》けば、工合《ぐあひ》がいゝことがあるかも知《し》れない。――ワザ〳〵なら、誰《たれ》がこつたら管理《くわんり》人《にん》のどこさ來《く》るツて、皆《みな》さう思《おも》つてゐる。

吉本《よしもと》は坐《すわ》つたまゝ障子《しやうじ》をあけて、黄色《きいろ》ツぽくムクンだ大《おほ》きな顔《かほ》を出《だ》した。小作達《こさくたち》だと分《わか》ると、瞬間《しゆんかん》イヤな顔《かほ》をした。

「何《な》んだな。」

（猫撫《ねこな》で聲《こゑ》だぞ！）

「ハ、別《べつ》に……」

お客《きやく》がゐた。――H町《まち》の警察署長《けいさつしよちやう》だつた。健達《けんたち》はそれと分《わか》ると、理由《りいう》なく尻《しり》ごみを感《かん》じた。然《しか》し吉《よし》本《もと》の方《はう》が何《なに》か周章《あわ》てたやうに、

「用事《ようじ》か？　今《いま》こつち、一寸《ちよつと》……。後《あと》で駄目《だめ》かな。」

「イヤ、その、この雨《あめ》だもんで、ハ、そのオ、田《た》ば見《み》てきました……」

「ん――、今度《こんど》のでは考《かんが》へてる。――後《あと》にしてけれ。」

「あまり作《さく》がヒドイので、豫《あらかじ》め岸野《きしの》さんの方《はう》へ、一《ひと》つ……」

健《けん》が云《い》ひかけたのを、ウルサさうに、

「ん、ん、ん！」と抑《おさ》えてしまつた。「お前等《まへら》の指圖《さしづ》でやるんでないんだ。分《わか》つてる。」

警察署長《けいさつしよちやう》と管理人《くわんりにん》！――何《なに》かあるな、健《けん》は歸《かへ》りながら氣《き》になつた。――S村《むら》では、まだ時々《ときどき》駐在所《ちうざいしよ》の巡査《じゆんさ》や校長《かうちやう》へ、芋《いも》や大根《だいこん》や鷄《にはとり》を「初物《はつもの》」だと云《い》ふので、持《も》つてゆく。所が、その偉《えら》い旦那《だんな》さん達《たち》が、裏《うら》では村《むら》の金持《かねもち》や有力者《いうりよくしや》と、ちアんと結《むす》びついてゐる。そんな事《こと》を、然《しか》し健《けん》がどんなに小作《こさく》に話《はな》してやつても、分《わか》りツこがなかつた。

夜《よる》になると、近《ちか》しくしてゐる小作《こさく》が、よく二三人《にん》づゝ落《お》ち合《あ》つた。――「一人《ひとり》で家《いへ》にゐたら、氣《き》が馬鹿《ばか》になる。」

「どうしたら、えゝべな。」

「岸野《きしの》さんどう出《で》るかな……」

不貞腐《ふてくさ》れて、時々《ときどき》酒《さけ》に醉《よ》つ拂つてくる小作《こさく》も出來《でき》た。――辻褄《つじつま》の合《あ》はないことを、一人《ひとり》で恐《おそ》ろしく雄辯《ゆうべん》にしやべつた。

「あゝいふのば犬ツて云ふんだ」

三井《みゐ》の砂川炭山《すながはたんざん》へ、馬《うま》を持《も》つてトロ引《ひ》きに出《で》てゐたもの、H町《まち》の道路普《だうろふ》しんに行《い》つてゐたもの、灌漑溝《くわがいこう》の土方《どかた》へ日雇《ひやとひ》に行《い》つてゐたもの、山林《さんりん》の夏出《なつだ》しに馬《うま》をやはり持《も》つて行《い》つてゐたもの……それ等《ら》が九月中旬過《す》ぎると、みんな歸《かへ》つてきた。

實《み》が黒《くろ》く腐《くさ》つてゐても、穫入《かりい》れて「米《こめ》」にしなければならない。それから一ヶ月位《げつぐらゐ》の間《あひだ》、小作《こさく》は朝《あさ》三時頃《じごろ》から夜《よる》の七時《じ》、八時頃迄働《じごろまではたら》き通《とほ》した。——收穫《しうくわく》は「五割《わり》」減《へ》つてゐた。

五割《わり》！　では、小作《こさく》は一體何《たいなん》のために働《はたら》いたんだ。

健《けん》は稲《いね》のいがらッぽい埃《ほこり》で、身體《からだ》をだるまにしながら、

「やめた、やめた！」カッとして、そのまゝ仕事《しごと》を放《はう》り出《だ》して、上《あが》り端《はし》に腰《こし》を下《おろ》してしまつた。

「惠《けい》、少《すこ》し踏《ふ》め！」

お惠《けい》は兄《あに》の劍幕《けんまく》を見《み》ると、イヤ〱立《た》ち上《あが》つた。——臺所《だいどころ》にゐた母親《はゝおや》は默《だま》つてゐた。

「半分《はんぶん》だ。——えゝもんだな。一年働《ねんはたら》いて半分《はんぶん》しか穫《と》れなかつたら、丁度小作料《ちやうどこさくれう》だべ。岸野《きしの》さそのまゝそつくりやつても足《た》りねえ位《くらゐ》だ。——百姓《しやう》がよ一年働《ねんはたら》いたら、一升位《しようぐらゐ》な、たッた一升位氣《しようぐらゐき》まゝに自《じ》

分《ぶん》の口《くち》さ入《い》れだつて、罰《ばち》も當《あた》るめえ……」

「昨年《さくねん》もあゝだし、岸野《きしの》さんも何《な》に云《い》ひ出《だ》すか分《わか》らねえべ。」

母親《はゝおや》は鼻《はな》をぐぢらせた。――「お前《まへ》どころでねえ、五十何年《なんねん》もよくやつてきたもんだで、百姓《しやう》ば！」

「何時《いつ》かえゝぐなるべ、今度《こんど》こそえゝぐなるべッてな。――んで、最後《さいご》に、お氣《き》の毒樣《どくさま》でしたか、ええもんだ！」

母親《はゝおや》は默《だま》つて、鼻《はな》をぐぢらせた。

田《た》から上《あが》つた稲《いね》を一粒《ひとつぶ》〳〵の米《こめ》にする。ところが、その米《こめ》が殘《のこ》らずそのまゝ岸野《きしの》に持《も》つて行《ゆ》かれてしまふ。――それがハッキリ分《わか》つてゐる。分《わか》つてゐて、その米《こめ》を一生《しやう》ケン命《めい》籾《もみ》にして、穀《こく》をとり、搗《つ》いて白米《はくまい》にしてゐる。何《な》んて百姓《しやう》はお人好《ひとよ》しの馬鹿者《ばかもの》だ！

武田《たけだ》がひよつこり顔《かほ》を出《だ》した。

「精出《せいで》るなア。」

「何《な》によ。――見《み》れ、この籾《もみ》。」――母親《はゝおや》は筵《むしろ》の上《うへ》にたまつた籾《もみ》を掌《てのひら》でザラ〳〵やつて見《み》せた。――

「今《いま》、叛謀《むほん》でも起《おこ》したくなつたッて話《はな》してたとこだ。」

武田《たけだ》はとつてつけたやうに、大《おほ》きな聲《こゑ》で笑《わら》つた。

「な、健《けん》ちや、少《すこ》し相談《さうだん》したいことあるんだが、仕事終《しことおは》つてからでも、俺《おれ》の家《うち》さ寄《よ》つてけねえかな。」

健《けん》はだまつてゐた。

「今度《こんど》の不作《ふさく》で、なんだか騒《さわ》ぎでも起《おこ》りさうでよ。村《むら》の不名譽《ふめいよ》でもあるし、相互扶助會《さうごふじよくわい》としても工合《ぐあひ》が悪《わる》いし……」

「君《きみ》のとこ幾《なん》ぼとれた。」——健《けん》は冷《つめ》たく、別《べつ》なことを云《い》つた。

「やうやく半作《はんさく》よ。」

「小作料納《こさくれうをさ》めたら、どうなる？」

「ん——。食《く》ふもの無《な》くなるよ。んでも、そこばさ、何《な》んかウマクやつて行《ゆ》くことば考《かんが》へたらッて思《おも》ふんだ。」

吉本《よしもと》にでも頼《たの》まれて來《き》たな、と健《けん》は思《おも》つた。

健《けん》は皮肉《ひにく》に云《い》つた。——「伴《はん》さんがこんな事云《ことい》つてたが、本當《ほんたう》かな、來年《らいねん》の春《はる》、Ｈ町《まち》の議員選擧《ぎゐんせんきよ》で岸野《きしの》さんが出《で》るから、地盤《ちばん》ば荒《あら》されないやうに、今年《ことし》だけは小作人《こさくにん》ば誤魔化《ごまくわ》した方《はう》がえゝッて蛇吉《じやきち》が云《い》つてるッて。えゝ？　俺達《おれたち》食《く》ふか、食《く》えないことば、そんなことでどうにも都合《つがふ》するんだナ！」

「…………」武田《たけだ》はだまつた。「まさか。」

武田《たけだ》は話《はなし》を別《べつ》な方《はう》にそらして、歸《かへ》つて行《い》つた。撥《はつ》の惡《わる》さをかくすやうに、暗《くら》い表《おもて》で、

「明日《あす》も天氣《てんき》だ。」

と云《い》ふのが聞《きこ》えた。

「あゝいふのば、犬《いぬ》ッて云《い》ふんだ。」――畜生犬《ちくしやういぬ》!

――他《ほか》の農場《のうぢやう》で小作料《こさくれう》を下《さ》げたとか、下《さ》げるとか、そんな噂《うはさ》がすぐ岸野農場《きしののうぢやう》にも入《はい》つてきて、その度《たび》に皆《みな》をアヤフヤに動《うご》かした。

常任《じやうにん》の交渉委員《かうせふゐゐん》、伴《はん》、佐々爺《さゝおやぢ》、武田《たけだ》が吉本管理人《よしもとくわんりにん》のところへ何度《なんど》も足《あし》を使《つか》つた.

「蛇吉《じやきち》の野郎《やらう》、こんなに事情《じじやう》が分《わか》つてゝ、それで一から十、岸野《きしの》の肩《かた》ば持《も》ちやがるんだ。――今中《いまなか》さはさまつて、野郎《やらう》ヂタバタしてる!」

歸《かへ》りに健《けん》のところへ寄《よ》ると、佐々爺《さゝおやぢ》、武田《たけだ》の前《まへ》で、伴《はん》がズバ〳〵云《い》つた。

もう岸野《きしの》の返事《へんじ》だけだつた。それだけで決《き》まる。――それを待《ま》てばよかつた。

さうだ、十年も經つてゐる

夜《よ》が長《なが》くなつた。

土間《どま》の臺所《だいどころ》で、手《て》しやくで飲《の》む水《みづ》が歯《は》にしみた。長《なが》い間《あひだ》の無理《むり》な仕事《しごと》で、小作《こさく》の板《いた》のやうになつた

腰《こし》が、今度《こんど》はズキ〳〵と痛《いた》んだ。母親《はゝおや》は由三《よし》に錢《ぜつこ》をくれると云《い》つては、嫌《いや》がる由三《よし》をだまして腰《こし》をもませた。――夜《よる》は靜《しづ》かだつた。馬鈴薯《ばれいしよ》を爐《ろ》の灰《はひ》の中《なか》に埋《う》めたり、鹽煮《しほに》にしたりして、それを食《く》ひながら、腹這《はらんば》ひになつて色々《いろ〳〵》な話《はなし》をした。由三《よし》も皆《みな》の中《なか》に入《はひ》つて、眼《め》だけをパッチリ見張《みは》りながら、頰杖をして話《はなし》を聞《き》いた。好《す》きだつた。――母親《はゝおや》は昔《むかし》のことをよく覺《おぼ》えてゐた。

床《とこ》に入《はひ》つても、身體《からだ》が痛《いた》んで寢《ね》つけなかつた。曉方《あけがた》まで何度《なんど》も寢《ね》がへりを打《う》つた。――過《す》ぎ去《さ》つてしまつた生涯が思《おも》ひかへされる。――こんな「北海道《ほくかいだう》」に住《す》むとは思《おも》はなかつた。一働《ひとはたら》きをして、金《かね》を拵えたら、內地《くに》へもどつて、安樂《あんらく》に暮《くら》さう、まア、二三年《ねん》もゐて――皆《みな》さう思《おも》つて、津輕海峽《つがるかいけふ》を渡《わた》つてきた。だが、もう十年《ねん》も經《た》つてゐる。今更《いまさら》のやうに自分《じぶん》の身《み》のまはりを見廻《みまは》す。さうだ、十年《ねん》も經《た》つてしまつてゐる。――さうか。そんなら、死《し》ぬだけは內地《くに》の村《むら》で死《し》にたい。

誰《たれ》か、內地《ないち》の村《むら》に行《い》つてくるといふものがあると、同《おな》じ「國衆《くにしう》」のものが集《あつ》まつてきた。村《むら》に殘《のこ》つてゐる自分《じぶん》の本家《ほんけ》や別家《べつけ》の人達《ひとたち》に、事《こと》づけを賴《たの》んだり、何《なに》かを屆《とゞ》けてもらつたり、村《むら》の樣子《やうす》をきいてきて貰《もら》つたりした。

誰《たれ》も何時《いつ》かキット內地《ないち》に歸《かへ》る、そのことばかり考《かんが》へてゐる。――追《お》はれるやうにして出《で》て來《き》た村《むら》を、今《いま》では不思議《ふしぎ》な魅力《みりよく》をもつて思《おも》ひかへした。

夜《よ》が長《なが》くなると、夜中《よなか》に何度《なんど》も小便《せうべん》に起《お》きた。半分《はんぶん》寢言《ねごと》を云《い》ひながら、戸《と》をあけると、身體《からだ》がブルン〳〵ッとすくむ。――秋《あき》の、深《ふか》く冴《さ》えきつた外《そと》はひつそりとして、月《つき》が蒼々《あを〳〵》と澄《す》んでゐる大空《おほぞら》に、高《たか》く氷《こほり》のやうにかゝつてゐた。――若《わか》い女《をんな》でも、出口《でぐち》にそのまゝ蹲《しやが》んで、パチャ〳〵と用《よう》を達《た》した。

「もッきり」

收穫《しうくわく》が終《をは》ると、百姓《しやう》の金《かね》を當《あ》てにして、天氣《てんき》さへ良《よ》ければ、毎日《まいにち》のやうに色々《いろ〳〵》な商人《しやうにん》が廻《まは》つてくる。寫眞《しやしん》を澤山《たくさん》さげた佛壇《ぶつだん》を背負《せお》つて、老人《らうじん》が鈴をならしながら表《おもて》へ立《た》つた。太物《たんもの》をもつた行商《ぎやうしやう》もきた。越中富山《えつちうとやま》の藥屋《くすりや》が小《ちひ》さい引出《ひきだ》しの澤山《たくさん》ついた桐《きり》の箱《はこ》をひろげて、ベラ〳〵饒舌《しやべ》りながら、何時迄《いつまで》たつても動《うご》かなかつた。馬《うま》の繪《ゑ》をかいた藥臭《くすりくさ》いちらしを子供達《こどもたち》にくれて、無理矢理《むりやり》に要《い》らない藥袋《くすりぶくろ》を置《お》いて行《い》つた。――然《しか》し「長《なが》い」北海道《ほくかいだう》の冬《ふゆ》が待《ま》つてゐることを考《かんが》へれば、襦袢《じゆばん》の切れもうつかり買《か》へないのだ。

正月《しやうぐわつ》を少《すこ》しでも矢張《やは》り正月《しやうぐわつ》らしく送《おく》りたいために、小作人《こさくにん》のうち又働《またはたら》きに出《で》るものは出《で》た。――娘《むすめ》達《たち》は、大根《だいこん》や馬鈴薯《ばれいしよ》や唐黍《たうきび》などを荷車《にぐるま》につけて、H町《まち》へ、朝暗《あさくら》いうちに、表《おもて》をゴト〳〵いはせて出掛《でか》けて行《い》つた。自分達《じぶんたち》は荷馬車《にばしや》の上《うへ》に乘《の》つた。提灯《ちやうちん》を車《くるま》の側《そば》にさした。聲《こゑ》のいゝ女《をんな》は流行歌《はやりうた》をうたつた。

H町《まち》へつくと丁度《ちやうど》夜《よ》が明《あ》けかける。

朝市《あさいち》に出《で》るものは出《で》、一軒《けん》々々裏口《うらぐち》から「おかみさん」と云《い》つて廻《まは》つて歩《ある》くものは歩《ある》く。そして晝《ひる》頃《ごろ》、空《から》になつた荷車《にぐるま》にのつて、今度《こんど》はキヤツ〱とお互《たがひ》にふざけながら歸《かへ》つてきた。――賣《う》つたゞけの金《かね》で繻絆《じゆばん》や腰巻《こしまき》の切《き》れを買《か》つたり、餅屋《もちや》に寄《よ》つて「あんころ」などの買《か》ひ喰《ぐら》ひをした。

「のべ源《げん》」は町《まち》で青物《あをもの》を賣《う》つて、少《すこ》しでも金《かね》をつかむと、電信柱《でんしんばしら》に馬《うま》をつないで、停車場前《ていしやばまへ》の荒物《あらもの》屋《や》に入《はひ》つて、干《ほ》し魚《うを》を裂《さ》きながら、コツプの「もツきり」を飲《の》んだ。

大概《たいがい》の百姓《しやう》は歸《かへ》りに寄《よ》つて「もツきり」をひつかける。――店先《みせさき》には百姓《しやう》の馬車《ばしや》が何臺《なんだい》もつながれてゐた。牝馬《めうま》が多《おほ》い。たまに牡馬《をうま》が通《とほ》ると、いなゝきながら前立《まへだ》ちになり、暴《あば》れた。荒物屋《あらものや》の中《なか》から、顏《かほ》を赤《あか》くした百姓《しやう》が飛《と》び出《だ》して來《き》て、牝馬《めうま》を側《わき》の方《はう》へ引張《ひつぱ》つて行《い》つた。

「のべ源《げん》」はこゝで醉《よ》ひつぶれると、そのまゝ白首《ごけ》のゐる「そば屋《や》」へ行《い》つた。――女達《をんなたち》は「のべ源《げん》」を知《し》つてゐた。――そして、イヤがつた。醉《よ》ふと、丸太《まるた》のやうな腕《うで》で女《をんな》をなぐりつけた。女《をんな》が襖《ふすま》の足《あし》を拂《はら》ひ、チヤブ臺《だい》をひつくりかへし、障子《しやうじ》を倒《たふ》して階段《かいだん》を芋俵《いもだはら》のやうに轉《ころ》げ落《お》ちたことがあつた。

「のべ源《げん》」の馬《うま》はひつそりとした通《とほ》りに、次《つぎ》の朝《あさ》までつながれッ放《はな》しになつてゐた。


「來　世」

毎年《まいねん》の例《れい》で、小樽《をたる》から「偉《えら》い坊《ばう》さん」を呼《よ》んで、S村龍徳寺《むらりうとくじ》で、四五日間《にちかん》説教《せつけう》が開《ひら》かれた。――龍《りう》徳寺《とくじ》の前《まへ》には、岸野《きしの》や吉岡《よしをか》などの大地主《だいぢぬし》や、㈲、吉本《よしもと》などの寄附金《きふきん》の「芳名錄《はうめいろく》」の札《ふだ》がズラリと立《た》つてゐる。岸野《きしの》は「金《きん》壹千圓也《ゑんなり》」出《だ》してゐた。――小樽《をたる》から坊《ばう》さんを呼《よ》ぶのも、重《おも》に岸野《きしの》のつ、てだつた。

年寄《としよ》りはその日《ひ》を、子供《こども》がお祭《まつ》りを待《ま》つより待《ま》つてゐた。

その日《ひ》、年寄《としよ》りはしまつて置《お》いたゴワ〳〵な手織《ており》の着物《きもの》をきて、孫娘《まごむすめ》に手《て》をひかせて出掛《でか》けた。――畦道《あぜみち》を、曲《まが》つた錆釘《さびくぎ》のやうに歩《ある》いて行《い》つた。健《けん》の母親《はゝおや》も決《けつ》して缺《か》かしたことがなかつた。

「……現世《げんせ》は苦《くる》しい――嫌《いや》なこと、悲《かな》しいこと、涙《なみだ》のにぢむやうなこと、淋《さび》しいことで滿《み》ち〳〵てゐる。だが、これも前世《ぜんせ》イからの約束事《やくそくごと》、何事《なにごと》も因果《いんぐわ》の致《いた》すところぢや、さう思《おも》オーーて、しのばにやならない。――お釋迦樣《しやかさま》はさうおつしやツてゐなさる。」

坊《ばう》さんはさう云《い》ふ。年寄達《としよりたち》は一句切《ひとくぎ》れ、一句切《ひとくぎ》れ毎《ごと》に、「南無阿彌陀佛《なむあみだぶつ》」を繰《く》りかへした。

「……その代《かは》り、あみだ樣《さま》のお側《そば》にお出《いで》になつたとき、始《はじ》めて極樂往生《ごくらくわうじやう》を遂《と》げることが出來《でき》る。あーーあ、お前《まへ》も人間界《にんげんかい》にゐたときは苦《くる》しんだ。然《しか》し何事《なにごと》も佛樣《ほとけさま》の道《みち》を守《まも》つて、一口《ひとくち》も不平《ふへい》を云《い》ふことなく、よくこらえて來《き》た、もう大丈夫《だいぢやうぶ》ぢや、さ、手《て》を合《あは》せて、かういふ風《ふう》に合《あは》せて、たつた一言《ひとこと》、ナムアムダブツ、さう稱《とな》へさへすれば大安心《だいあんしん》を得《ち》ることが出來《でき》るのぢや。蓮華《れんげ》の花《はな》の上《うへ》に坐《すわ》ることが出來《でき》るやうになるのぢや……」

「有難《ありがた》いお言葉《ことば》ぢや。」

「あ——あ、有難《ありがた》や、有難《ありがた》や。」

「ナムアムダブツ。」

「ナンマンダブ、ナンマンダブ……」

——百姓《しやう》は心《こゝろ》の何處《どこ》かで、自分《じぶん》でも分《わか》らずに「來世《らいせ》」のことを考《かんが》へてゐる。——長《なが》い間《あひだ》の生活《くらし》があんまり「苦《くる》し」過《す》ぎてゐた、それがそして何時《いつ》になつたつて、どうにもなるものぢやなかつた。——あの世《よ》に行《ゆ》きさへすれば、年《とし》を取《と》つてくれば、もうそれしか考《かんが》へられない。

「何事《なにごと》も、何事《なにごと》もヂッと、ヂ——イと堪《こら》へることぢや！」

坊《ばう》さんはそれを繰《く》りかへした。

キ　ヌ

健《けん》はキヌが歸《かへ》つてきたことを知《し》らされた。

「ヤツぱし小樽《をたる》だ、あの恰好《かつかう》な！　大家《たいか》の御令孃《ごれいぢやう》さ。田舍《ゐなか》の犬《いぬ》ば、見《み》なれないんで、吠《ほえ》るべ。——村《むら》の青年團《せいねんだん》もこれア一《ひと》もめもめるべよ。」

健《けん》は笑《わら》ひもしなかつた。

キヌのことは別《べつ》に頭《あたま》になかつた。――戻《もど》つてきたから、どうなる、どうする、今更《いまさら》そんなことでもなかつた。

「キヌちや戻《もど》つてきたワ……？」

節《きだ》がそれだけを健《けん》に云《い》ふのに、吃《ども》つた。――眼《め》が健《けん》の顔色《かほいろ》を讀《よ》んでゐる。

「馬鹿《ばか》！」

健《けん》は節《きだ》の唇《くちびる》を指《ゆび》ではぢいてやつた。

節《きだ》は一寸《ちよつと》だまつて、――と、

「さう？ ――まア、嬉《うれ》しい！」

急《きふ》に繩飛《なはと》びでもするやうに跳《は》ねて、かけ出《だ》して行《い》つた。――後《あと》も見《み》ずに。

健《けん》は二三日《にち》してから、嫌《いや》な噂《うはさ》をきいた。――キヌが姙娠《にんしん》してゐる、相手《あひて》は大學生《だいがくせい》だとか云《い》つてゐた。

それでホテルにも居《ゐ》たゝまらず、「こつそり」歸《かへ》つてきたのだつた。

父《ちゝ》はキヌを家《うち》に入《い》れない、と怒《おこ》つた。――キヌは土間《どま》に蹴落《けおと》された。ペト〳〵する土間《どま》に、それでも手《て》をついて、「物置《ものおき》の隅《すみ》ツこでもいゝから」と泣《な》いて頼《たの》んだ。

まだ色々《いろいろ》なことが耳《みゝ》に入《はい》つてきた。

——キヌはそんな身體《からだ》で、無理《むり》をして働《はたら》いた。手《て》が白《しろ》く、小《ちひ》さくなつたものは、百姓家には邪魔《じやま》ものでしかなかつた。——自分《じぶん》で飯《めし》の仕度《したく》をして、それを並《なら》べてしまふと、隅《すみ》の方《はう》に坐《すわ》つて、ヂッとしてゐる。皆《みな》がたべてしまつて餘《あま》りがあれば、今度《こんど》はそれを自分《じぶん》でコソ〳〵たべる。——健《けん》は矢張《やは》り聞《き》いてゐるのがつらかつた。

遲《おそ》くなつて、健《けん》が伴《けん》のところから歸《かへ》つてくると、母親《はゝおや》が顔色《かほいろ》をかへてゐた。

「キヌちや首《くび》ばつッたとよ！　——來《き》てけれッて。」

健《けん》はものも云《い》はずに外《そと》へ出《で》た。

外《そと》へ出《で》ると、「やつたな！」と思《おも》つた。——月《つき》の夜《よ》だつた。キヌとの色々《いろ〳〵》なことが、チラッと頭《あたま》をかすめて行《い》つた。

キヌは納屋《なや》で首《くび》を縊《くゝ》つてゐた。健《けん》が行《ゆ》くと、提灯《ちやうちん》をつけたものが七、八人《にん》ゐた。——父親《ちゝおや》が探《さが》した時《とき》、知《し》らずに打《ぶ》ち當《あた》つたと云《い》ふので、下《さ》がつてゐるキヌの身體《からだ》が眼《め》につかない程《ほど》ゆるく搖《ゆ》れてゐた。提灯《ちやうちん》の火《ひ》だけでそれを見《み》てゐると、寒氣《さむけ》がザアーッと身體《からだ》を走《はし》つた。

「ハ、やうやく村《むら》の恥《はぢ》さらしものに片《かた》がつきました……」

父親《ちゝおや》が血《ち》の氣《け》のない顔《かほ》で云《い》つて歩《ある》いてゐた。

健《けん》には、キヌの死《し》んだ事《こと》が何故《なぜ》か、キヌといふ一人《ひとり》の人間《にんげん》だけのこと、それだけのことでなく思《おも》はれた。——もツと別《べつ》なことが、色々《いろ〳〵》その中《なか》にある氣《き》がした。

S村《むら》と小樽《をたる》、これをキヌが考《かんが》へさせる！

九

「なア、お内儀さん達よ——」

岸野《きしの》から返事《へんじ》が來《き》た。

伴《ばん》のところへ、吉本《よしもと》から人《ひと》が呼《よ》びに來《き》た。——それと、健《けん》がキヌの葬式《さうしき》に出掛《でか》けて行《ゆ》く途中《とちう》會《あ》つた。

「聞《き》かなくても分《わか》つてゐるんだ。」と伴《ばん》が云《い》つた。

「岸野《きしの》のこツた。——歸《かへ》りに寄《よ》る。」

勝《かつ》の家《うち》の前《まへ》で、父《ちゝ》の一人《ひとり》々々《〳〵》ちがつた兄妹《きやうだい》が田《た》の引水《ひきみづ》をせきとめて、鮒《ふな》をすくつてゐた。身體《からだ》をすつかり泥水《どろみづ》に濡《ぬ》らして、臍《へそ》のあたりについてゐる泥《どろ》が白《しろ》く乾《かわ》いてゐた。

「愛子《あいこ》オ。」——男《をとこ》の子《こ》が呼《よ》んだ。

「何《な》アに。」

「愛子《あいこ》あ——とて、あれきあんだれき、ありやのあり糞《くそ》!」

女《をな》の子《こ》は負《ま》けてゐない。「源《げん》一げんとて、げりきんだれき、げりやのげり糞《くそ》! やあ、げりゝ糞《ぐそ》、げりゝ糞《ぐそ》!」

愈《いよ〳〵》だ! 健《けん》は恐《おそ》ろしいやうな、心臓《しんざう》のあたりをくすぐられるやうな氣持《きもち》になつてゐた。

——吉本管理人《よしもとくわんりにん》は伴《ばん》の顔《かほ》をみると、

「見《み》ろ!」と云《い》つて、眼《め》の前《まへ》に手紙《てがみ》を投《な》げて寄《よ》こした。「あんなことを云《い》つてやつたから、見《み》れ、かへつて片意地《かたいぢ》にさせてしまつた。——んだから、馬鹿《はか》だつて云《い》ふんだ。」

狸奴《たぬめ》! 俺達《おれたち》の云《い》つた通《とほ》りのことを、貴様《きさま》が正直《しやうぢき》に書《か》いてやつたと誰《だれ》が思《おも》つてる! 手前《てめえ》が自分《じぶん》の立場《たちば》が可愛《かあい》くて、小作人《こさくにん》が飛《と》んでもないことやらかしてるツて、有《あ》る事《こと》、無《な》い事《こと》、嘘《うそ》八百並《なら》べてやつたんでないか。順序《じゆんじよ》が順序《じゆんじよ》だから、手前《てめえ》のやうな奴《やつ》を中《なか》にはさんだんだ!——

伴《ばん》は手紙《てがみ》を懐《ふところ》に入《い》れると、吉本《よしもと》に挨拶《あいさつ》もしないで外《そと》へ出《で》た。

「騒《さわ》いだりしたら損《そん》だど。——分《わか》つてるべ、ん?」

出《で》かけに吉本《よしもと》が云《い》つた。——返事《へんじ》もしない。

かうなれア立場《たちば》としては吉本《よしもと》は、可愛相《かあいさう》なほどオロ〳〵だ。様《ざま》ア見《み》ろツ!

伴《はん》の家《うち》には五、六人集《にんあつま》つてゐた。——健《けん》も居《ゐ》た。健《けん》は伴《はん》に會《あ》つてから、葬式《さうしき》どころでないと思《おも》つて、顔《かほ》だけ出《だ》すと、直《す》ぐこつちへ廻《まは》つてきた。——自分《じぶん》も變《かは》つたな、と思《おも》つた。キヌだつて分《わか》つてくれるさ、と思《おも》つた。

そこへ伴《はん》が歸《かへ》つてきた。皆伴《みなはん》を見《み》た。瞬間《しゆんかん》、鋭《するど》い緊張《きんちやう》がグイと皆《みな》を抑《おさ》えた。

「ウハ、、、、。」

戸口《とぐち》に立《た》つたまゝ、何《な》んの前觸《まへぶ》れもなく、伴《はん》は大聲《おほごゑ》で笑《わら》つた。そして懐《ふところ》から手紙《てがみ》を出《だ》すと、「こゝまでお出《い》で」をするやうに振《ふ》つてみせた。

「駄目《だめ》ッ！」ぶツつり切《き》つた。

皆《みな》はつられたやうに、「駄目《だめ》か！」「やツぱり！」「んか。」「駄目《だめ》か！」口々《くちぐち》に云《い》つた。——肩《かた》から力《ちから》がガックリ抜《ぬ》けた。

「で、こんなものモウどうでもいゝこつた。——第二《だいに》だ。」

伴《はん》は皆《みな》の眞中《まんなか》に大《おほ》きく胡坐《あぐら》をかいた。

阿部《あべ》は眼鏡《めがね》を出《だ》してきて、ゆつくり手紙《てがみ》を讀《よ》んだ。

「第二《だい》だ、これは俺達《おれたち》のうちから代表《だいへう》を選《えら》んで、岸野《きしの》に直《ぢか》き〳〵會《あ》つて、詳《くは》しい話《はなし》をするために小樽《をたる》へ出掛《でか》けることだ。――喧嘩《けんくわ》はまだ早《はや》い。後《あと》で大丈夫《だいぢやうぶ》だ。」

「したども、伴《はん》さん一番先《ばんさ》きに喧嘩《けんくわ》してえんだな。」――年輩《ねんぱい》の小作《こさく》がひやかした。

両手《りやうて》で頭《あたま》を大《おほ》げさに抑《おさ》へて、伴《はん》がウハヽヽヽヽと笑《わら》つた。

「さうした方順序《はうじゆんじよ》だし、えゝ。」

「えゝべ。」

「んでも、伴《はん》さんみたいに喧嘩早《けんくわはや》い人《ひと》は代表《だいへう》には駄目《だめ》だネ。」

「これでも駈引《かけひき》になれば、駈引《かけひき》はうまいんだよ。」――伴《はん》がてれた。

何故《なぜ》そんな無駄《むだ》な廻《まは》り道《みち》が必要《ひつえう》なんだ。健《けん》は自分《じぶん》だけではさう思《おも》つた――分《わか》り切《き》つたことでないか。

「嘩嘩《くわくわ》ツてなれば、矢張《やは》り乗《の》るか、そるかだ。――やれることだけは、やつて置《お》かねば駄目《だめ》だ。」――阿部《あべ》までさう云《い》つた。

心配《しんぱい》してゐた女房達《にようばうたち》が、懐《ふところ》へ子供《こども》を抱《だ》き込《こ》んで乳《ちゝ》をふくませたり、背中《せなか》にくゝりつけたまゝ、お互《たがひ》があゝだ、かうだ、と話《はな》しながら、二三人《にん》づゝ、二三人《にん》づゝ集《あつま》つてきた。――子供《こども》が喚《わめ》いて、背中《せなか》で母親《はゝおや》の尻《しり》を蹴《け》る。――入口《いりぐち》がやかましくなつた。

から集《あつま》つてみると、小作《こさく》の女達《をんなたち》は「汚《きたな》」かつた。畑《はたけ》から拔《ぬ》いてきた牛蒡《ごばう》のやうに、黒《くろ》くて、土臭《つちくさ》かつた。――然《しか》し、そのどの顏《かほ》もたつた一《ひと》つのこと、「食《く》へるか」「食《く》へないか」で、引《ひ》きつッてゐた。

「な、御内儀《おかみ》さん達《たち》よ、」

伴《はん》が一言《ひとこと》づゝ顎《あご》をしやくりく、何時《いつ》もものを云《い》ふときの癖《くせ》で、眼《め》をつぶつて――「聞《き》いて貰《もら》はう。――この一年《ねん》の間《あひだ》、寢《ね》る眼《め》も寢《ね》ず働《はたら》いて、そのお蔭《かげ》で、有難《ありがた》いお蔭《かげ》で、今食《いまく》ふや食《く》はずになり、――どうか生《い》かしてだけは置《お》いてくれッて頼《たの》んだ事《こと》だ。それをどうだ！　この手紙《てがみ》を見《み》てくれ。――馬鹿《ばか》野郎《やらう》だとか、氣狂《きちが》ひだとか、監獄《かんごく》へブチ込《こ》んでやるぞ、とか――な、地主《ぢぬし》と小作《こさく》は親《おや》と子《こ》だつて云《い》ふ。眞赤《まつか》な嘘《うそ》だ。眞赤《まつか》な嘘《うそ》でないか。これで親《おや》も子《こ》もあるもんか。」

「まア。」

「まア、まア！」

女達《をんなたち》はそれだけしか云《い》へない。

子供《こども》が急《きふ》に大《おほ》きな聲《こゑ》を張《は》りあげて泣《な》き出《だ》した。いきなり平手《ひらて》で、馬鈴薯《じやがいも》のやうな子供《こども》の頭《あたま》をパシッく毆《なぐ》つた。「默《だま》ツてれ、この餓鬼《がき》！」――母親《はゝおや》がムキになつて怒《おこ》つてゐる。

佐々爺《さゝおやぢ》と武田《たけだ》が「返事《へんじ》」のことで、ひよッこり顏《かほ》を出《だ》した。佐々爺《さゝおやぢ》は東京新聞《とうきやうしんぶん》を振《ふ》り上《あ》げながら、

「どうしたんだ？　どうしたんだ？　え丶？　どうした？」

と、カス〳〵な聲《こゑ》を絞《しぼ》り上《あ》げた。

「俺の命でもとる氣か？」

交渉委員《かうせふゐゐん》が小樽《をたる》へ出發《しゆつぱつ》してから三日經《た》つて、ハガキが來《き》た。阿部《あべ》だつた。

——誠意《せいい》をもつて會《あ》つてはくれない。朝《あさ》七時《じ》に、門《もん》から玄關《げんくわん》まで山《やま》があつたり、池《いけ》があつたりする立派《りつぱ》な邸宅《ていたく》を訪《たづ》ねると、三十分《ぷん》も待《ま》たしてから「店《みせ》」へ行《い》つたと云《い》ふ。その店《みせ》までは歩《ある》いて行《い》つて四五十分《ぷん》もかゝる。そこで又《また》二十分《ぷん》も待《ま》たして置《お》いてから、ヌケ〳〵と、工場《こうば》の方《はう》です、と云《い》ふ。教《をし》へられた道《みち》を迷《まよ》つて、曲《ま》がりくねつて、行《い》き過《す》ぎたりして、あげくの果《は》てに工場《こうば》が見付《みつ》かる。見付《みつ》かつたつて、何處《どこ》からどう入《はい》つて行《い》つて、どう云《い》へば會《あ》へるか分《わか》らない。何人《なんにん》にも何人《なんにん》にも頼《たの》んで、その度《たび》に百姓《ひやくしやう》は冷汗《ひやあせ》を流《なが》す。そして云《い》ふことは同《おな》じ。ホテルに行《い》つてる！　ホテルへ行《い》けば商業會議所《しやうげふくわいぎしよ》。泣《な》きたかつた。——晩《ばん》の十一時過《す》ぎにやうやく家《うち》で會《あ》つてくれた。音《おと》もしない自動車《じどうしや》に乘《の》つて、醉《よ》つて歸《かへ》つてきた。

「俺《おれ》の命《いのち》でもとる氣《き》か、一日中《にちぢう》尾行《あと》をつけて！」と、最初《さいしよ》から怒鳴《どな》りつけられた。

佐々爺《さゝおやぢ》はカラ駄目《だめ》だ。——旦那様《だんなさま》の云《い》ふことはお尤《もつと》で、へえ、ドン百姓《しやう》ッてものは我儘《わがまゝ》で、無理《むり》ばかり云《い》つて、とか、まるでワケが分《わか》らない。

「小樽《をたる》でグズ〱してると、警察《けいさつ》へ突《つ》き出《だ》すぞ!」終《しま》ひにさう云《い》つた。

次《つぎ》の日《ひ》はそれでも三時間程《じかんほど》會《あ》つた。

「こんな事《こと》はお前等《まへら》ばかりでなくて、お前等《まへら》の後《あと》をツッついてゐる不穩分子《ふをんぶんし》がゐるから、きいてやるワケには行《い》かない。」

不穩分子《ふをんぶんし》といふのは「農民組合《のうみんくみあひ》」のことださうだ。

とう〱駄目《だめ》だ。話《はなし》にならない。駄目《だめ》と分《わか》つたら、直《す》ぐ歸《かへ》る。

健《けん》は始《はじ》めて伴《ばん》から頼《たの》まれて、小作人《こさくにん》の家全部《うちぜんぶ》を廻《まは》つて歩《ある》いた。――今度《こんど》のことはモウ成行《なりゆ》きがきまつてゐる。さうなつたら一人《ひとり》でもハグれないやうにするためだつた。――一廻《ひとまは》り、廻《まは》つて來《く》ると、健《けん》は他愛《たあい》なくなる程疲勞《ほどひらう》した。

「ん、ん、ん!」

ときいてくれる隣《となり》では、何《なに》しに來《き》やがつた、といふ顔《かほ》をした。

「困《こま》るには困《こま》るども、穩當《をんたう》で無《ね》えべもしな。――後《あと》がオッかなくてよ。」

そんなことも云《い》ふ。

「岸野《きしの》さんだら、一度《ど》ウンとやつて置《お》く必要《ひつえう》あるんしな。」

そして何處《どこ》でゞも、「へえ、健《けん》ちやが、健《けん》ちやがこんな事《こと》するやうになつたのか？」と、不思議《ふしぎ》がられた。

その度《たび》に健《けん》は耳《みゝ》まで赤《あか》くして、ドギマギした。

然《しか》し、たつたそれだけの事《こと》をしただけで、健《けん》は何《なに》か大《おほ》きな自信《じしん》と云《い》つてい〻ものをつかんだやうに思《おも》はれた。

「納屋にあるのか？」

健《けん》が裏《うら》で、晩《ばん》に食《く》ふ唐黍《たうきび》をとつてゐた時《とき》だつた。

「健《けん》ッ！　健《けん》ッ!!」――母親《はゝおや》の叫《さけ》び聲《こゑ》が家《うち》の中《なか》でした。

その聲《こゑ》にたゞ事《ごと》でない鋭《するど》さを感《かん》じて、健《けん》はグイと襟首《えりくび》をつかまれたと思《おも》つた。

家《うち》の中《なか》にかけ込《こ》んだ。かけ込《こ》んで――見《み》た。吉本管理人《よしもとくわんりにん》！　劍《けん》！　巡査《じゆんさ》だ！　役場《やくば》の人《ひと》！　鞄《かばん》！

一瞬々々《しゆん〳〵》のひらめきのやうに、いきなり健《けん》の眼《め》をくらました。

「氣《き》の毒《どく》だが、小樽《をたる》からの命令《めいれい》で、小作米《こさくまい》を押《お》さえるから。」

吉本《よしもと》は戸口《とぐち》に立《た》つたきりの健《けん》に、憎《にく》いほど落着《おちつ》いた低《ひく》い聲《こゑ》で、ゆつくり云《い》つた。

――健《けん》はだまつて裏《うら》へまはつた。皆《みな》はゾロ〱ついてきた。母親《はゝおや》はオロ〱して、吉本《よしもと》や、特《とく》に親《した》しかつた巡査《じゆんさ》の後《あと》から同《おな》じことを何度《なんど》も云《い》つた。

「お母《かあ》さん、どうも仕方《しかた》がないんだ。」

巡査《じゆんさ》はうるささうに云《い》つた。

十

「小作調停裁判」

又順序《またじゆんじよ》をふんだ！

かうなると、健《けん》がヂリ〱した。――「小作調停裁判《こさくてうていさいばん》」を申請《しんせい》するといふのだ。

「分《わか》りきつた無駄足《むだあし》を何故《なぜ》使《つか》ふんだ。」健《けん》はハッキリさう思《おも》つた。――何《な》んと云《い》つたつて、阿部《あべ》も伴《はん》もやつぱり年寄《としよ》りだ、とさへ思《おも》つた。

然《しか》し、たゞ、今迄《いまゝで》とはちがつて、兎《と》に角《かく》「表《おもて》へ出《で》る。」――所謂社會的《いはゆるしやくわいてき》な地位《ちゐ》のある人《ひと》は、案外表《あんぐわいおもて》へ出《で》ることを嫌《きら》ふ。そこを衝《つ》いてみる必要《ひつえう》がある――阿部《あべ》も伴《はん》もその事《こと》を考《かんが》へてゐた。

差押《さしおさ》へを受《う》けてから、小作人《こさくにん》もちがつてきた。「モウ親《おや》も子《こ》もあるもんか。」——一番《ばん》おとなしい小作《こさく》さへ口《くち》に出《だ》して云《い》つた。

——小作《こさく》は毎日《まいにち》〳〵の飯米《めし》にさへ困《こま》つた。納屋《なや》には米俵《こめだはら》がつまさつてゐる。何十俵《なんぺう》も積《つ》まさつてゐる。何十俵《なんぺう》といふ米俵《こめだはら》が積《つ》まさつてゐて、そして飯《めし》が食《く》へなかつた。

「少《すこ》しでも手《て》をつけると罪人《ざいにん》だぞ。」

巡査《じゆんさ》が時々《ときどき》廻《まは》つてきた。まるで岸野《きしの》から言傳《いひつた》つて來《き》たやうだつた。——小作人《こさくにん》は「罪人《ざいにん》」と云《い》はれると、背中《せなか》がゾッとした。

H町《まち》からの歸《かへ》り、母親《はゝおや》と由三《よし》が薄暗《うすくら》くなつたのを幸《さいは》ひに、所々《ところどころ》の他人《ひと》の畑《はたけ》から芋《いも》や唐黍《たうきび》を盗《ぬす》んできた。——前掛《まへか》けの端《はし》を離《はな》すと、芋《いも》、唐黍《たうきび》、大根《だいこん》が一度《ど》に板《いた》の間《ま》にゴトン〳〵と落《お》ちた。

「兄《あに》ちやさも、惠《けい》にも云《い》ふんでねえど！」

家《うち》のなかに上《あが》ると、母親《はゝおや》はさすがにグッたりした。——とう〳〵泥棒《どろぼう》をしてしまつた、と思《おも》つた。

「……んでも泥棒《どろぼう》させるのは、岸野《きしの》さんだ。……えゝワ、えゝワ！——何《な》アに……」

横坐《よこすわ》りになると、そのまゝ何時迄《いつまで》もボンヤリした。

「母《かあ》、俺《お》ら學校《がくかう》の歸《かへ》り何時《いつ》でも取《と》つてくるが？——由何《よしな》んぼでも、見付《みつ》からないやうに盗《と》れるワ。」

「馬鹿《ばか》！」――母親《はゝおや》はいきなり叱《しか》りつけた。

食《く》へなくなつた小作達《こさくたち》は、默《だま》つてゐても、伴《はん》のところへ代《かは》る〴〵集《あつま》つてきた。小作調停《こさくてうてい》のことは、それで思《おも》つたより早《はや》く纏《まと》まつた。

武田《たけだ》と佐々《さゝ》爺《おやぢ》は「何《な》んとか外《ほか》にないか」「何《な》んとかなア……」と云《い》つてゐた。

伴外《はんほか》一名《めい》が代表《だいへう》になつて村長《そんちやう》へ「口頭《こうとう》」で、小作調停裁判《こさくてうていさいばん》を申請《しんせい》した。村長《そんちやう》は「遲滯《ちたい》なく」そのことを旭川地方裁判所《あさひかはちはうさいばんしよ》へ提出《ていしゆつ》した。それが「受理《じゆり》」されると同時《どうじ》に、小作米《こさくまい》の差押《さしおさ》へが解除《かいぢよ》された。――小作人《こさくにん》はどうかした拍子《ひやうし》に「かなしばり」がとけた時《とき》のやうな身輕《みがる》さを感《かん》じた。――「やれ、やれ。」

小作米《こさくまい》は直《す》ぐＨ町《まち》の「農業倉庫《のうげふさうこ》」に預《あづ》け入《い》りして、「倉荷證劵《くらにしようけん》」にした。それは何時《いつ》でも現金《げんきん》にすることが出來《でき》るやうになつた。

「小作官」

道廳《だうちやう》から「小作官《こさくくわん》」がやつてきた。黑《くろ》の折鞄《をりかばん》を抱《かゝ》へた左肩《ひだりかた》を少《すこ》し上《あ》げて、それだけを振《ふ》つて歩《ある》いた。

伴《はん》の家《うち》に上《あが》ると、茣蓙敷《ござじき》のホコリとズボンの膝《ひざ》を氣《き》にした。窮屈《きうくつ》に坐《すわ》つた。話《はなし》をきゝながら、「朝日《あさひ》」を吸《す》つた。――何本《なんぼん》も何本《なんぼん》も續《つゞ》けて吸《す》ふ、しばらくもしないうちに、白墨《はくぼく》の杭《くひ》のやうに、爐《ろ》の灰《はひ》の中《なか》に殼《から》が突《つ》きさゝつた。

阿部《あべ》が伴《ばん》に代《かは》つて、初《はじ》めから順序《じゆんじよ》をつけて詳《くは》しく話《はな》した。

「ムーー、それア、岸野《きしの》さんにチイーートー無理《むり》なところがあるね。」

「何《なに》がチイーートだい！」

歸《かへ》つてから、伴《ばん》が小作官《こさくくわん》の眞似《まね》をして、皆《みな》を笑《わら》はせた。――「あつたらヘナ〱に、百姓《しやう》のこと何《なに》分《わか》るツて！」

調停委員《てうていゐゐん》には「實情《じつじやう》に通《つう》じた」その土地《とち》の「名望家《めいばうか》」が選《えら》ばれた。――相馬農場《さうまのうぢやう》の老管理人《らうくわんりにん》、H町《まち》町長《ちやうちやう》、S村《むら》の校長《かうちやう》など。

判事《はんじ》が「調停主任《てうていしゆにん》」になつた。

「心細《こゝろぼそ》いな。小作人《こさくにん》の本當《ほんたう》の氣持《きもち》が分《わか》つてゐてくれる人《ひと》無《ね》えんだものよ……」

健《けん》が廻《まは》つて歩《ある》いてゐる小作《こさく》の家《うち》でさう云《い》ふと、

「んでも偉《えら》い立派《りつぱ》な人達《ひとたち》だもの――ためになるやうにやつてけるべ。」

健《けん》はがつかりした。

第《だい》一回《くわい》の呼出狀《よびだしじやう》が來《き》た。

裁判所《さいばんしよ》へ出《で》ると云《い》ふので、伴《ばん》はさう度々《たびたび》着《き》たことのない着物《きもの》をきて出掛《でか》けた。

「何《ど》んも似合《にあ》はねえな――どうだ、似合《にあ》ふか？」

「熊《くま》が着物《きもの》ば着《き》たえんたとこだ。」

「熊《おやぢ》？ ――可哀相《かあいさう》に！ ハ、、、、。」

「さう云《い》へば、百姓《しやう》つて良《え》え着物《きもの》きたこと無《ね》えんだもの――似合《にあ》ふワケ無《ね》えさ。」

出掛《でが》けに伴《はん》が云《い》つた――

「これが駄目《だめ》になつたら、最後《さいご》だど！」

誰と誰が繋がつてゐるのか

恩《おん》を賣《う》つた犬畜生奴《いぬちくしやうめ》！ よくもこんな處《とこ》さ持《も》ち出《だ》して、赤恥《あかはぢ》か丶しやがつたな。勝手《かつて》にしろ！――

裁判所《さいばんしよ》の眞《ま》ん中《なか》で、岸野《きしの》がいきなり俺達《おれたち》を怒鳴《どな》りつけたんだ。

やつてみろ！ 足腰《あしこし》たゝない位《くらゐ》たゝきのめしてやるから！ ――これが、いくら地主《ぢぬし》であらうと、小作人《こさくにん》に云《い》ふ言葉《ことば》か――俺《おれ》はこの四十三の大人《おとな》になつて、面《めん》と向《むか》つてこんな事《こと》を云《い》はれたのは初《はじ》めてだ。

三日《か》のうち五度《ど》會《あ》つた。そして五度《ど》怒鳴《どな》り散《ち》らされた。――俺達《おれたち》は怒鳴《どな》られるために旭川《あさひがは》まで出掛《でか》けて行《い》つたんぢやない、調停《てうてい》して貰《もら》ふためにだ。

ところが、「調停委員《てうていゐゐん》」は一體《たい》どんなことをしたと思《おも》ふ。——まア、まア岸野《きしの》さん！　それ位《くらゐ》だ。こんなものが調停《てうてい》なら、誰《だれ》にでも出來《でき》る。

後《あと》で、「農民組合《のうみんくみあひ》」の辯護士《べんごし》が云《い》つてゐた。

「調停《てうてい》××」なんて名前《なまへ》はえゝが、こんなものは、これから益々《ますます》起《おこ》るおそれのある小作爭議《こさくさうぎ》をば體《てい》よく抑《おさ》へて、大《おほ》きくしないうちに揉《も》み消《け》しにして——結局地主《けつきよくぢぬし》ば安全《あんぜん》にさせて置《お》かふとするための××だ。ところが、一寸見《ちよつとみ》がいゝために、何《なに》も知《し》らない百姓《しやう》はその人《ひと》の好《よ》さから、あ——有難《ありがた》いものが出《で》來《き》たと大喜《おほよろこ》びなんだ。そこが又《また》×××してあるところだつて。

んだんだ。今度《こんど》でそれがよツく分《わか》つた。——今年《ことし》は全道《ぜんだう》みんな不作《ふさく》だ。何處《どこ》でも小作爭議《こさくさうぎ》が起《おこ》りさうだんだ。——それで何處《どこ》かで、皮切《かはき》りでもされゝば大變《たいへん》だ。んだから、外《ほか》の地主《ぢぬし》も俺達《おれたち》のば何《な》んとかして、うやむやにしてしまひたいので調停委員《てうていゐゐん》の後《あと》さこつそりついてるんだとよ。

小作官《こさくくわん》などは「この事件《じけん》を無《な》いことにしてくれゝば、岸野《きしの》さんからお前等《まへら》に慰勞金《ゐらうきん》を出《だ》させてもいいんだが、——社會《しやくわい》のためにも、その方《はう》がいゝんだ」と云《い》つたものだ。

聞《き》いたか？　——みんな××だ。

もう殘《のこ》つたものは俺達《おれたち》ばかりよ。——かうなつたら、皆《みな》！　意氣地《いくぢ》なく默《だま》つて首《くび》ば縮《ちぢ》るか？　もう一日《にち》だつて食《く》へねえんだからな。それに岸野《きしの》は腕《うで》づくでも取《と》つてみせるッてるんだ。――それとも死《し》にたくなかつたら、最後《さいご》までやるか？ ――もう、このどつちかに來《き》てゐるんだ。どつちかだ。んで、どつちだ！

――伴《はん》は自分《じぶん》でも泣《な》いてゐた。

次《つぎ》に組合《くみあひ》の荒川《あらかは》が「爭議團《さうぎだん》」を××して、即刻戰鬪《そくこくせんとう》の準備《じゆんび》をしなければならないことを、皆《みな》に話《はな》した。「鐵《てつ》は赤《あか》いうちに！」

寒《さむ》い雨《あめ》が降《ふ》つてゐた。――もう冬《ふゆ》が近《ちか》い。そしてそれが知《し》らない間《ま》に氷雨《ひさめ》になつてゐた。さすがの(實際《せつさい》、さすがの、と健《けん》には思《おも》はれた。)小作人《こさくにん》もあり〱と興奮《こうふん》の色《いろ》を顏《かほ》に出《だ》してゐた。

「そんなことまでやるのか！　畜生奴《ちくしやうめ》！」

皆《みな》は雨《あめ》の中《なか》を歸《かへ》つて行《い》つた。出口《でぐち》で傘《かさ》をさすと、急《きふ》に雨《あめ》の音《おと》がやかましくなつた。どざ、だけをかぶつて、肩《かた》を濡《ぬ》らして行《ゆ》くものもゐた。雨《あめ》に聲《こゑ》を取《と》られないやうに、大《おほ》きな聲《こゑ》でお互《たがひ》に話《はな》しながら歸《かへ》つて行《い》つた。

阿部《あべ》、伴《はん》、健《けん》、荒川《あらかは》、その他小作人《たこさくにん》三人《にん》、組合員二人《くみあひゐんふたり》――これだけが、二日《か》の間《あひだ》に三時間位《じかんぐらゐ》しか寢《ね》らずに、「岸野小作爭議團《きしのこさくさうぎだん》」結成《けつせい》のために馳《か》けずり廻《まは》つた。ビラを書《か》いたり、謄寫板《とうしやばん》の原紙《げんし》を書《か》いたり、刷《す》つたりした。――健《けん》は始《はじ》めての色々《いろ〳〵》な經驗《けいけん》で興奮《こうふん》してゐた。

人數《ひとかず》が纏《まと》まつて來《き》た。――今迄《いままで》健《けん》が捨石《すていし》のやうに廻《まは》つて歩《ある》いてゐたのが、案外役《あんぐわいやく》に立《た》つた。

佐々爺《さゝおやぢ》や武田《たけだ》は訪《たづ》ねて行《ゆ》くと、譯《わけ》の分《わか》らない議論《ぎろん》を吹《ふ》ッかけた。爭議團《さうぎだん》のものが分《わか》らないで、つまると、

「そんなんで地主《おぬし》さ楯《たて》つけるか？」

と、嘲笑《わら》つた。

武田《たけだ》が吉本管理人《よしもとくわんりにん》と相談《さうだん》し合《あ》つて、小作人《こさくにん》の切《き》り崩《くづ》しをやつてゐる噂《うはさ》が入《はい》つてゐた。

荒川《あらかは》が鐵筆《てつぴつ》で頭《あたま》をゴシ〳〵やりながら、

「かうなつたら佐々爺《さゝおやぢ》とか武田《たけだ》、それに『のべ源《げん》』あんなものに氣《き》をつけなけア駄目《だめ》だ。――何《なん》ろ金《かね》でやつてくるんだからな。」

やもめの勝《かつ》が、芋《いも》と唐黍《たうきび》を子供《こども》にも背負《しよ》はせて、伴《はん》の家《うち》にやつてきた。

「――!?」

健《けん》はグイとこみ上《あ》つてきた氣持《きもち》をどうすることも出來《でき》ない。

「なんぼなんでも、涙《なみだ》が出《で》て、とても貰《もら》へないよ。」

阿部《あべ》も「分《わか》る！　氣持《きもち》だけで澤山《たくさん》だ！」と、何時《いつ》もの阿部《あべ》らしくもなく周章《あわ》てたやうに押《お》し戻《もど》した。
どんな事《こと》にでも直《す》ぐ感激《かんげき》する伴《ばん》は、何時迄《いつまで》も鼻《はな》をグズ〳〵させてゐた。

「な、どうだ、阿部君《あべくん》よ、勝《か》たんばならないな！」

「驚《おどろ》いた！　こつちから持《も》つて行《い》つてやらなけアならない位《くらゐ》の處《ところ》から、持《も》つてくるなんてなア！　矢《や》張《は》り、あゝなると本當《ほんたう》のことが、默《だま》つてゝも分《わか》るんだな。」

健《けん》は身體《からだ》に鳥膚《とりはだ》が立《た》つ程《ほど》興奮《こうふん》を感《かん》じた。

伴《ばん》の家《うち》では、伴《ばん》のお内儀《かみ》さんや阿部《あべ》のお内儀《かみ》さんも出《で》て來《き》て、てきぱきと家《うち》の中《なか》の細《こま》かい仕事《しごと》を片《かた》付《づ》け、——暇々《ひま〳〵》には、小作《こさく》の家《うち》を廻《まは》つて歩《ある》いて「女《をんな》は女同志《をんなどうし》」その方《はう》からも結束《けつそく》を固《かた》めてゐた。

死《し》んだキヌの妹《いもうと》は自分《じぶん》から手傳《てつだ》ひに來《き》てゐた。伴《ばん》のおかみさんと氣心《きごころ》がよく合《あ》つて、氣持《きもち》いゝ程《ほど》仕事《しごと》をしてくれた。ビラ書《か》きを手傳《てつだ》つたりした。——顏《かほ》はキヌとそのまゝ似《に》てゐた。が何時《いつ》でもツンツンしてゐるので、何《な》んだ此奴《こいつ》と思《おも》つて、健《けん》は嫌《きら》ひな女《をんな》だつた。——然《しか》し、こんな時《とき》に節《きた》が出《で》てきてゐてくれたら、と思《おも》ふと、淋《さび》しかつた。が、あの可愛《かあい》い節《きた》は、一日《にち》でも早《はや》く健《けん》が昔《むかし》の健《けん》にかへつてくれるやうに、と祈《いの》つてゐるときかせられて、健《けん》はがつかりした。

小作爭議《こさくさうぎ》に入《はい》つてから、「△の旦那《だんな》は爭議團《さうぎだん》に關係《くわんけい》してゐる小作《こさく》には絶對《ぜつたい》に「掛賣《かけう》り」をしないと云《い》つた。結局《けつきよく》それは、小作《こさく》には品物《しなもの》を絶對《ぜつたい》に賣《う》つてくれない事《こと》と同《おな》じだつた。それに今迄《いままで》の、何年《なんねん》もの間《あひだ》の「掛《かけ》」をたつた今拂《いまはら》つてもらはふと、おどかした。

「社會主義者《しやくわいしゆぎしや》どもの尻馬《しりうま》に乘《の》つて、日本《にほん》の尊《たふと》い遺風《ゐふう》にキズをつける大不忠者《だいふちうもの》！」

店先《みせさき》で怒鳴《どな》りつけられた。

「在郷軍人《ざいがうぐんじん》の小作《こさく》であつて、若《も》し爭議《さうぎ》に關係《くわんけい》するものがあつたら、×××對《たい》して申譯《まをしわけ》がないと思《おも》へ！軍人《ぐんじん》たるものゝ面汚《つらよご》しだ。」

同《おな》じことを「青年團《せいねんだん》」や「青年訓練所《せいねんくんれんじよ》」のもの達《たち》にも云《い》つて歩《ある》いた。

「んでも△さん、食《く》へないんだもの、どうも仕様《しやう》無《ね》えしな……。お前《まへ》さん達《たち》なら、それでえゝかも知《し》れねしどもな。」

小作《こさく》も△に云《い》はれると、矢張《やは》りマゴ〳〵した。然《しか》しどうにも食《く》へなかつたのだ。

健《けん》は然《しか》し、△がそんな「偉《えら》い」ことを云《い》つて歩《ある》いてゐながら、吉本管理人《よしもとくわんりにん》とちアんと結《むす》び合《あ》つてゐること——吉本《よしもと》と爭議《さうぎ》のことで、H町《まち》の料理屋《れうりや》で會《あ》つたことを知《し》つてゐた。

「恐《おそ》ろしいもんだな。」

「恐《おそ》ろしいもんだよ。——何處《どこ》で、どう關係《くわんけい》があるか、表《おもて》ばかりの云《い》ふことや、することを見《み》てゐたんぢや分《わか》らないんだ。」
荒川《あらかは》が健《けん》から聞《き》くとさう云《い》つた。「絲《いと》を手繰《たぐ》ると、飛《と》んでもなく意外《いぐわい》な奴《やつ》が、實《じつ》は一緒《しよ》になつてるもんだよ。」

學校《がくかう》では由《よし》三達《たち》が市街地《しがいち》の子供《こども》からいぢめられた。

あの「溫厚《おんこう》な人格者《じんかくしや》」の校長《かうちやう》が（健《けん》は殊《こと》にさう思《おも》つてゐたのだ！）時間《じかん》がある毎《ごと》に、小作爭議《こさくさうぎ》のことを「不祥事《ふしやうじ》だ」「不祥事《ふしやうじ》だ」と云《い》つた。「若《も》しお前達《まへたち》の親《おや》や兄弟《きやうだい》で、あんな惡《わる》いことをするものがあつたら、やめさせるやうに一生懸命《しやうけんめい》お願《ねが》ひしなければならない。」

先生《せんせい》の云《い》ふことなら、どんな事《こと》でもそのまゝ信《しん》じこむ由《よし》三は、家《うち》へ歸《かへ》ると健《けん》に泣《な》きついた。——由《よし》三は學校《がくかう》へ行《ゆ》くと、いぢめられるので時々休《ときどきやす》んだ。そして健《けん》のところへ來《き》た。手紙《てがみ》を屆《とど》けたり、ビラを配《くば》るのに手傳《てつだ》つた。——「××さ行《え》ぐより、ウンとえゝわ。」

お惠《けい》は髮《かみ》に油《あぶら》をテカ〳〵つけたしやれ男《をとこ》とブラ〳〵してゐた。

「兄《にい》ちやば皆偉《みなえら》いツて云《い》つてるど。」

健《けん》が遲《おそ》く歸《かへ》つてくると、腹這《はらんば》ひになつて、講談本《かうだんほん》を讀《よ》みながら、見向《みむ》きもしないで、ヘラ〳〵した調子《てうし》で云《い》つた。

「この恥《はぢ》ざらし！」

「んだから偉《えら》いんだとさ。」

健《けん》はだまつた。

彼《かれ》は自分《じぶん》の妹《いもうと》や母親《はゝおや》のことでは、どの位《くらゐ》阿部《あべ》や伴《はん》に肩《かた》が狭《せま》いかわからなかつた。

十一

「千回もやつてくれ」

第《だい》一回《くわい》の「岸野小作爭議演說會《きしのこさくさうぎえんぜつくわい》」が町《まち》の活動小屋《くわつどうごや》で開《ひら》かれた。——各農場相手《かくのうぢやうあひて》に生活《せいくわつ》をしてゐる町《まち》民《みん》や、他《ほか》の農場《のうぢやう》の小作達《こさくたち》も遠《とほ》いところから提灯《ちやうちん》をつけてやつて來《き》た。

「割《わ》れる程《ほど》」入《はい》つた。

健《けん》は初《はじ》めて「演壇《えんだん》」に上《あ》がつた。壇《だん》へ上《あ》がると、カッと興奮《こうふん》してしまつた。途中《とちう》で、何《なに》を云《い》つたか分《わか》らなくなつてしまつた。分《わか》らなくなると、周章《あわ》てるだけだつた。——時々《ときどき》、拍手《はくしゆ》と、「分《わか》つた〳〵」「もうやめれ！」「その通《とほ》り！」そんな野次《やじ》の切《き》れ端《はし》を覺《おぼ》えてゐるだけだつた。下《お》りて裏《うら》へ行《ゆ》くと、キヌの妹《いもうと》が、

「上出來《じやうでき》だよ、健《けん》ちや！」と云《い》つた。

演説會《えんぜつくわい》は大《おほ》きな反響《はんきやう》を起《おこ》した。――それから一週間《しうかん》もしないうちに、他《ほか》の農場《のうぢやう》では爭議《さうぎ》を起《おこ》されないうちに、（申譯《まをしわけ》ばかりだつたが）小作料《こさくれう》の輕減《けいげん》を行《おこな》つた。

然《しか》し岸野《きしの》からは、「お前等《まへら》が假令《たとへ》千回《くわい》演説會《えんぜつくわい》を開《ひら》いても、蚤《のみ》にさゝれたよりも、痛《いた》くも、かゆくもない。もつと元氣《げんき》よく、もつと〳〵やつてくれ。」と云《い》つてきた。

吉本《よしもと》はざま見《み》ろ、といふ風《ふう》に、それを持《も》つてきた。

三度《ど》演説會《えんぜつくわい》を開《ひら》いた――然《しか》し「殘念《ざんねん》ながら」何度《なんど》開《ひら》いても、それが具體的《ぐたいてき》にどうなるわけでもなかつた。どうにかしなければならない。事實荒川《あらかは》や阿部達《あべたち》も行《ゆ》き詰《つま》りを感《かん》じてきてゐた。――あせり出《だ》した。

方向轉換

筆不精《ふでぶしやう》なばかりでなしに、手紙《てがみ》などゝいふものを書《か》いたことのない健《けん》が、思《おも》ひ出《だ》して、フト七之助《のすけ》に手紙《てがみ》を書《か》いた。そして今度《こんど》の爭議《さうぎ》のことを知《し》らせてやつた。

すぐ七之助《のすけ》から返事《へんじ》が來《き》た。

――小樽《をたる》の勞働組合《らうどうくみあひ》のものに、そのことを話《はな》した。そしたら小樽《をたる》へ出《で》て來《こ》い、と云《い》ふのだ。地主は小樽に居る。そんな處《とこ》でいくら騒《さわ》いだつて、岸野《きしの》には百里《り》も離《はな》れた向《むか》ふ岸《ぎし》の火事《くわじ》よりも恐《おそ》ろしくない。都會《とくわい》の勞働組合《らうどうくみあひ》が應援《おうゑん》して、××にやらなければ、その爭議《さうぎ》は決《けつ》して×つことは出來《でき》ないだらう、と云《い》つてゐる。一刻《こく》も早《はや》く爭議團《さうぎだん》が出《で》て來《く》るやうに、話《はな》すことだ云々《うんぬん》——

　このたつた一枚《まい》の葉書《はがき》が、思《おも》ひがけなく、行《ゆ》き詰《づま》つてゐた方向《はうかう》に大《おほ》きなキッカケを與《あた》へた。

　さうだ、それだ！　——氣付《きづ》かなかつた。

　爭議團《さうぎだん》は活氣《くわつき》づいた。——新《あた》らしい編成《へんせい》が行《おこな》はれた。

「爭議團小樽出張委員《さうぎだんをたるしゆつちやうゐゐん》」、農場《のうぢやう》に殘《のこ》る「連絡委員《れんらくゐゐん》」の決定《けつてい》、——この爭議《さうぎ》を岸野農場《きしののうぢやう》だけのものにせず、他農場《たのうぢやう》も一齊《せい》に×つやうに、たゆまず××、××すること、——小樽《をたる》に於《お》ける情勢《じやうせい》の刻々《こく／＼》の變化《へんくわ》に應《おう》じて、報告《はうこく》、示威《じゐ》、糺彈《きうだん》を兼《か》ねた演説會《えんぜつくわい》を開《ひら》くこと、これには農民組合《のうみんくみあひ》S村支部《むらしぶ》が主《おも》に當《あた》ること——等《とう》が定《き》められた。

　健《けん》は小樽《をたる》へ出《で》て行《い》きたかつた。然《しか》し連絡委員《れんらくゐゐん》として殘《のこ》らなければならなかつた。——仕事《しごと》が急《きふ》に忙《いそ》がしくなつた。

「農業倉庫《のうげふさうこ》」に入《い》れてある米《こめ》を、倉荷證券《くらにしようけん》で賣《う》り拂《はら》つて、爭議資金《さうぎしきん》に充《あ》てることにした。

爭議團小樽出張委員《さうぎだんをたるしゆつちやうゐゐん》件《けん》、阿部外《あべほか》十三名《めい》は、組合旗《くみあひき》、流《なが》し旗《はた》をたてゝ小作人《こさくにん》に送《おく》られた。小樽《をたる》に出《で》るといふことが分《わか》ると、吉本《よしもと》や武田《たけだ》は周章《あわ》てゝ、遠《とほ》まはしに調停《てうてい》めいたことを云《い》つてきた。

雪《ゆき》は四、五日前《にちまへ》から降《ふ》つてゐた。滿目《まんもく》たゞ荒涼《くわうりやう》とした石狩平野《いしかりへいや》には、硝子《ガラス》クズのやうに鋭《するど》い空《から》ッ風《かぜ》が乾《かわ》いた上《うは》つ皮《かは》の雪《ゆき》を吹《ふ》きまくつてゐた。

十二　手を握り合つて！

情報、一

吸血鬼《きふけつき》、地主岸野《ぢぬしきしの》と戰《たゝか》はんとして、S村《むら》岸野《きしの》農場《のうぢやう》小作人《こさくにん》代表《だいへう》十五名《めい》が、はる〴〵小樽《をたる》へ出陣《しゆつぢん》してきた。

直《たゞ》ちに、「農民組合聯合會《のうみんくみあひれんがふくわい》」「爭議團《さうぎだん》」「小樽合同勞働組合《をたるがふどうらうどうくみあひ》」とで、

「勞農爭議共同委員會」

を組織《そしき》し、茲《こゝ》に勞働者《らうどうしや》と農民《のうみん》の固《かた》き握手《あくしゆ》のもとに、此《こ》の爭議《さうぎ》に當《あた》ることになつた。

農民《のうみん》を過去《くわこ》の封建的農奴的生活《ほうけんてきのうどてきせいくわつ》より、光《ひかり》ある社會《しやくわい》へ解放《かいはう》し得《う》るものは、都市《とし》勞働階級《らうどうかいきふ》の力《ちから》だ。

農民《のうみん》が都市《とし》に出陣《しゆつぢん》してきて、「勞農爭議共同委員會《らうのうさうぎきやうどうゐゐんくわい》」を強固《きやうこ》に組織《そしき》し、かゝる形態《けいたい》で地主《ぢぬし》と抗爭《かうさう》する小作爭議《こさくさうぎ》は、日本全國《にほんぜんこく》に於《おい》て、この岸野小作爭議《きしのこさくさうぎ》をもつて最初《さいしよ》とする。――農民運動《のうみんうんどう》の方向轉換期《はうかうてんくわんき》に

あるとき、且《か》つ又急速《またきふそく》なる資本主義《しほんしゆぎ》の發展《はつてん》に伴《ともな》ふ「地主《ぢぬし》のブルジュア化《くわ》」、従《したが》つて都市居住地主《としきよぢうぢぬし》――不《ふ》在地主《ざいちぬし》が、その典型《てんけい》たらんとしつゝあるとき、この爭議《さうぎ》こそ重大《ぢゆうだい》な意義《いぎ》をもつものと云《い》はなければならない。

情報、二

三日夜《かよ》六時《じ》、小作人《こさくにん》十五名出樽《めいしゆつそん》。小樽合同勞働《をたるがふどうらうどう》の約《やく》二百名《めい》の組合員《くみあひゐん》の出迎《でむか》えをうけ、直《たゞ》ちに岸野《きしの》の店舗《てんぽ》、工場《こうぢやう》、ホテル、商業會議所《しやうげふくわいぎしよ》に押《お》しかけ示威運動《じゐうんどう》をする。元氣《げんき》。

（七之助《のすけ》の手紙《てがみ》。――停車場《ていしやば》へ二百人近《にんちか》くも押《お》しかけた。阿部《あべ》さんも伴《はん》さんも驚《おどろ》いたらしい。眼《め》に涙《なみだ》をためてゐた。面白《おもしろ》いのは矢張《やは》り百姓《しやう》だ。勞働組合《らうどうくみあひ》の人《ひと》も云《い》つてゐたが、こつちが感極《かんきは》まつて、ワアッと云《い》つても小作人達《こさくにんたち》はだまつてゐる。嬉《うれ》しくないのかと思《おも》ふと、さうでもないらしい。こつちで十しやべると、それもモドカシクなる程《ほど》ゆつくり三つ位《くらゐ》しやべる。――さすがに、伴《はん》さんのあのガラガラ聲《ごゑ》も、ウハヽヽヽも出《で》ないで、組合《くみあひ》の二階《かい》の隅《すみ》の方《はう》にキチンと膝《ひざ》を折《を》つて坐《すわ》つてゐる。――組合員《くみあひゐん》の一人《ひとり》が、農民《のうみん》とは如何《いか》なるものか、ときかれたら、――組合《くみあひ》の二階《かい》の板《いた》の間《ま》の、それもなるべく隅《すみ》の方《はう》にキチンと膝《ひざ》を折《を》つて坐《すわ》るものであります、と答《こた》へればいゝと皆《みな》を笑《わら》はせた。）

情報、三

毎日《まいにち》、赤襷《あかだすき》をかけて、岸野《きしの》の店先《みせさき》に出掛《でか》けるばかりでも、小樽《をたる》の市民《しみん》に「岸野《きしの》の小作人《こさくにん》」の顏《かほ》を知《し》らぬもの無《な》きに到《いた》つた。

六日《か》、「市民《しみん》に訴《うつた》ふ」といふ今迄《いままで》の詳《くは》しいイキサツを書《か》いたビラ一萬枚《まんまい》を撒布《さんぷ》する。

農民《のうみん》は「働くと」年何百圓《ねんなんゑん》も借金《しやくきん》をして行《い》つた。――その詳《くは》しい「ちらし」が、市民《しみん》の間《あひだ》に大《おほ》きな反響《はんきやう》を呼《よ》んでひろまつて行《い》つた。

七日《か》、「第一回眞相發表演說會《だいくわいしんさうはつぺうえんぜつくわい》」を開《ひら》く。出演辯士《しゆつえんべんし》相次《あひつ》いで「中止《ちうし》」、直《たゞ》ちに「檢束《けんそく》」を喰《く》らひ、警察《けいさつ》送《おく》り五名《めい》に達《たつ》した。――だが、聽衆《ちやうしう》は場外《ぢやうぐわい》にあふれて、所々《ところどころ》に亂鬪騷《らんとうさわ》ぎを起《おこ》した。――市民《しみん》の同情《どうじやう》動《うご》く。

（七之助《のすけ》。――伴《はん》さんは「中止《ちうし》」とか「注意《ちうい》」に慣《な》れてゐないので、「中止《ちうし》！」と云《い》はれてから知《し》らずに二三言《こと》しやべつてしまつた。それでいきなり壇《だん》から引《ひ》きづり落《おと》されてしまつた。

組合《くみあひ》の竹畑《たけはた》が檢束《けんそく》になつた。それに對《たい》して書記長《しよきちやう》の太田《おほた》が抗議《かうぎ》をしかけたら、「生意氣《なまいき》な、この野郎《らう》！」とばかりに、その場《ば》で滅茶苦茶《めつちやくちや》になぐられた。――組合《くみあひ》に歸《かへ》つてから、伴《はん》さんや阿部《あべ》さんは何《ど》處《こ》かしよげこんでしまつた。無理《むり》もないかも知《し》れない。

「な、七ちやん、こんな工合《ぐあひ》で一體《たい》どうなるんだべ！」

——伴《はん》さんが云《い》ふのだ。

初《はじ》めての「凄《すご》さ」で、おぢけついたのだ、と組合《くみあひ》の人《ひと》が云《い》つてゐた。

「これでまア、然《しか》しよくやめもしないものだ。」伴《はん》さんには組合《くみあひ》の人達《ひとたち》の方《はう》が分《わか》らないらしい。

小樽《をたる》からは、一日《にち》も早《はや》く爭議團《さうぎだん》の「青年部《せいねんぶ》」と「婦人部《ふじんぶ》」を組織《そしき》するやうに指令《しれい》が來《き》た。婦人部《ふじんぶ》は伴《はん》と阿部《あべ》の細君《さいくん》とキヌの妹《いもうと》が先《さ》きに立《た》つて働《はたら》き出《だ》した。第一回《だいくわい》の「情勢報告《じやうせいはうこく》」の演說會《えんぜつくわい》を開《ひら》いた。——健《けん》はだん〳〵面倒《めんだう》な仕事《しごと》に自信《じしん》が出來《でき》て來《き》た。

「どうして節《さだ》ちやにも仕事《しごと》をして貰《もら》はないの？」

キヌの妹《いもうと》はそんな事《こと》を云《い》ひ出《だ》してきた。

情報、四

岸野《きしの》の邸宅《ていたく》、店舖《てんぽ》、其他《そのた》には××が急《きふ》に殖《ふ》えた、その××は帽子《ばうし》をかぶり、劍《けん》をさげてゐる。——

かうなればハッキリしたものである。小作人《こさくにん》代表《だいへう》の交渉付添《かうせふつきそ》ひに行《い》つた組合《くみあひ》の武藤君《むとうくん》は、××に噛《か》みつかれてすぐ檢束《けんそく》された。

交渉《かうせふ》に對《たい》して、岸野《きしの》は飽《あ》くまで「正式交渉《せいしきかうせふ》」を拒《こば》み、「交渉《かうせふ》の代表《だいへう》」を認《みと》めない。

次席警部《じせきけいぶ》は武藤君《むとうくん》に對《たい》して、「××は如何《いか》にも君等《きみら》の言《い》ふ通《とほ》り、資本家《しほんか》の××だ。その積《つも》りで居《を》れ。」とハッキリ云《い》つた。

一日《にち》二回《くわい》「共同委員會《きようどうゐゐんくわい》」を開催《かいさい》して、刻々《こく〱》の情勢《じやうせい》に對《たい》して、策《さく》を練《ね》つてゐる。

情報、五

寄附左ノ如シ。

白米五俵　（日本農民組合××部外三）

行カレヌ、勞農提携ニヨル勝利ヲ天下ニ示セ　（大阪農民組合本部）

岸野搾取魔ヲ徹底的ニヤツツケロ　（日農××支部）

五圓八十錢　市内運輸勞働者四十一名

貳錢切手四十枚　一勞働者

鷄卵七個　〃

阿部《あべ》からの手紙《てがみ》。——應援金《おうゑんきん》を少《すこ》しでもいゝから送《おく》つてくれるやうに運動《うんどう》して貰《もら》ひたい。さうすれば勞働組合《らうどうくみあひ》や農民組合聯合會《のうみんくみあひれんがふくわい》の人達《ひとたち》に對《たい》しても面目《めんぼく》が立《た》ち、同時《どうじ》に爭議團《さうぎだん》一行《かう》の元氣《げんき》を一層《そう》引《ひ》き立《た》てることが出來《でき》るから、皆《みんな》で相談《さうだん》の上《うへ》至急《しきふ》お願《ねが》ひしたい。

七之助《のすけ》。——阿部《あべ》さんは、どうして我々《われ〳〵》百姓《しやう》の爭議《さうぎ》に無關係《むくわんけい》な小樽《をたる》の勞働者達《らうどうしやたち》が、（組合員《くみあひゐん》はまづとして）仕事《しごと》を休《やす》んでまでも、そして××へ引《ひ》ッ張《ぱ》られて行《い》つて、毆《なぐ》られて迄《まで》も應援《おうゑん》してくれるのか分《わか》らない、と涙《なみだ》を光《ひか》らせながら話《はな》した。お互貧乏《たがひびんばふ》な勞働者《らうどうしや》から、毎日《まいにち》のやうに寄附《きふ》が集《あつま》つてくる、それも不思議《ふしぎ》でならない、と云《い》ふのだ。

「矢張《やは》り貧乏人《びんばふにん》だからよ。——地主《ぢぬし》と資本家《しほんか》とでは變《かは》つておれ、お互《たがひ》に金《かね》のある奴《やつ》から搾《しぼ》られてゐることでは同《おな》じからよ。」

「それアさうださ。んでも……こんなに……」——中々《なか〳〵》分《わか》らない。

とにかく、俺《おれ》さへ吃驚《びつくり》する程《ほど》、勞働者《らうどうしや》が戰《たゝか》つてくれてゐる。めづらしいことだ。——やつぱり勞働《らうどう》者《しや》と百姓《しやう》は、底《そこ》の底《そこ》では同《おな》じ血《ち》が通《かよ》つてゐるんだ。

爭議《さうぎ》が長《なが》びくかも知《し》れないから、と云《い》ふので、そつちから馬鈴薯《じやがいも》五俵《へう》送《おく》つてきたのを見《み》て、組合員《くみあひゐん》が泣《な》いたよ。米《こめ》でなくて藷《いも》だつて！　食《く》ふや食《く》はずで仕事《しごと》をしてゐる勞働組合員《らうどうくみあひゐん》でも、藷《いも》を飯《めし》の代《かは》りにはしてゐない。――百姓《ひやくしやう》ツてものが、どんなに低《ひく》い生活《せいくわつ》をしてゐるか、而《しか》もそれでゐて、どんなに飢《う》えなければならないか！

武藤《むとう》などは、この「藷《いも》」のことだけでも、飽《あ》く迄戰《までたゝか》ひ拔《ぬ》かなければならないと云《い》つてゐる。

情報六

出樽以來《しゆつたんいらい》二週間《しうかん》に達《たつ》した。爭議團《さうぎだん》のうちの小作人《こさくにん》で、最初日和見《さいしよひよりみ》のものも隨分《ずゐぶん》ゐたやうであつたが、日々《ひゞ》の交渉《かうせふ》、集合《しふがふ》による訓練《くんれん》、勞農黨員《らうのうたうゐん》の「社會問題講座《しやくわいもんだいかうざ》」の開設等《かいせつとう》によつて、（これは忙《いそが》しい合間合間《あひまあひま》に行《おこな》はれたが、その效果《かうくわ》では著《いちゞる》しいものがあつた。）次第《しだい》に意識的《いしきてき》、階級的立場《かいきふてきたちば》に教育《けういく》され、ビラ撒《ま》き其他《そのた》の運動《うんどう》に積極的《せきゝよくてき》に「動員《どうゐん》がきいてきた。」

爭議團《さうぎだん》からは二名《めい》、「勞農共同委員會《らうのうきようどうゐゐんくわい》」に委員《ゐゐん》が出《で》てゐるが、更《さら》に「交渉《かうせふ》」「訪問《はうもん》」「文書《ぶんしよ》」「會計《くわいけい》」の部門《ぶもん》にも、これを編入《へんにふ》し、組織的《そしきてき》に、活動《くわつどう》に從事《じうじ》させてゐる。

健《けん》は、情報《じやうほう》や個人々々《こじんく》から來《く》る詳《くは》しい手紙《てがみ》や毎朝《まいあさ》の新聞《しんぶん》で、爭議《さうぎ》がどういふ風《ふう》に進《すゝ》んでゐるか、大《だい》體《たい》の見當《けんたう》はついてゐた。――其處《そこ》ではどんな恐《おそ》ろしい事《こと》が毎日起《まいにちおこ》つてゐるとしても、（阿部《あべ》からは、自《じ》分達《ぶんたち》は半分恐《はんぶんおそ》ろしさにハラ〱しながら、一生懸命勞働組合《しやうけんめいらうどうくみあひ》の人達《ひとたち》に引《ひ》きずられてやつてゐる。あれ以來《いらい》ゲッソリ痩《や》せてしまつた。――S村《むら》で考《かんが》へてゐたやうなものでない、と云《い》つてきてゐた。）然《しか》し、健《けん》はさういふ「訓練《くんれん》」を受《う》けることの出來《でき》ない自分《じぶん》を殘念《ざんねん》に思《おも》つた。

情報、七

爭議勃發《さうぎぼつぱつ》以前申立《いぜんまをした》てた「小作調停《こさくてうてい》」に對《たい》して、十五日旭川裁判所《にちあさひかはさいばんしよ》に、件外《はんほか》一名《めい》の代表《だいへう》が呼《よ》び出《だ》され、出頭《しゆつとう》した。

（勝見小作官《かつみこさくくわん》、判事《はんじ》、調停申立人件外《てうていまをしたてにんはんほか》一名《めい》、地主岸野《ぢぬしきしの》。）

判事《はんじ》――お前達《まへたち》は誠意《せいい》をもつて、おとなしく解決《かいけつ》する氣《き》か、騒《さわ》いで解決《かいけつ》する氣《き》か。

件《はん》――こつちは不誠意《ふせいい》でも何《な》んでもありません、地主《ぢぬし》が不誠意《ふせいい》なのです。

判事《はんじ》――小樽《をたる》あたりで演說會《えんぜつくわい》を何故《なぜ》やるか。どこ迄《まで》も喧嘩腰《けんくわごし》でやる氣《き》なら、調停《てうてい》を取《と》り下《さ》げて貰《もら》ひたい。

小作官《こさくくわん》――お前《まへ》が喧嘩《けんくわ》をして勝《か》つと、小作人全體《こさくにんぜんたい》がきかなくなるから、そんな事《こと》をして貰《もら》つては困《こま》るぢやないか——お前《まへ》等《ら》は金《かね》がない、味噌《みそ》がないと云《い》ふが何故《なぜ》小樽《をたる》あたりへ行《ゆ》けるのか。
件《けん》——組合《くみあひ》支部《しぶ》の應援《おうえん》で行《い》つてるのだ。

これは一字《じ》一句《く》も直《なほ》してゐない。それもたつた一部《ぶ》の寫《うつ》しでしかない。

これを讀《よ》んだら「調停裁判《てうていさいばん》」の本質《ほんしつ》が何《な》んであるか、分《わか》る筈《はず》だ。

全道各地《ぜんだうかくち》に「地主協議會《ぢぬしけふぎくわい》」といふものを作《つく》り、蔭《かげ》ながら岸野《きしの》を援助《えんじよ》してゐる。彼等《かれら》も亦結束《またけつそく》し出《だ》した。——××支廳長《しちやうちやう》は「小作人勝《こさくにんか》タシムベカラズ。」といふ嚴祕《げんぴ》の指令《しれい》を管轄内《くわんかつない》の「有力者《いうりよくしや》」に配《くば》つた。

それが組合支部《くみあひしぶ》の一小作人《こさくにん》の手《て》に入《はい》つたのだ。

それならば、よし！　我等《われら》は益々結束《ますますけつそく》を固《かた》めなければならない。

情報、八
岸野《きしの》は會見《くわいけん》の度毎《たびごと》に、言《げん》を左右《さいう》にし、代人《だいにん》をもつて無責任《むせきにん》な面會《めんくわい》をさせ、誠意《せいい》さらに無《な》し。
「小作人《こさくにん》が生意氣《なまいき》になつて働《はたら》かなくなつたら、北海道拓殖《ほくかいだうたくしよく》のために大損害《だいそんがい》を與《あた》へることになる。——お前等《まへら》の要求《えうきう》は、俺《おれ》一個《こ》の立場《たちば》からではなく、この大《おほ》きな問題《もんだい》から云《い》つても斷《だん》じて通《とほ》すことはならん。」

と放言《はうげん》した。

「北海道拓殖《ほくかいだうたくしよく》のため」は大《だい》きく出《で》たものだ。その裏表紙《うらべうし》には「俺《おれ》の利益《りえき》が減《へ》るから」と書《か》かれてゐるのだ。

殆《ほと》んど毎日《まいにち》市民《しみん》に訴《うつた》へるビラを撒布《さんぷ》する。市民《しみん》は明《あきら》かに小作人《こさくにん》に同情《どうじやう》を寄《よ》せてゐる。そして今《いま》や一つの「社會問題《しやくわいもんだい》」にまで進展《しんてん》しやうとしてゐる。「岸野《きしの》——小作人《こさくにん》の問題《もんだい》」の限界《げんかい》を越《こ》えやうとしてゐる。

我々《われ〳〵》は意識的《いしきてき》に、精力的《せいりよくてき》に、その方向《はうかう》へ努力《どりよく》しなければならない。

決議

今回岸野小作人が遠路出樽、小作料減免を歎願せるは、一昨年來の凶作を考へるとき、その要求に何等不當なるものあるを認めるを得ず。速かにその解決のために努力せられん事を促すものである。

若し貴殿にして解決の誠意を示さゞる時には、貴殿の荷物の「陸揚げ」を絶對に拒否し、貴殿工場のストライキ、貴殿發賣品の不買同盟を決行す。

右決議す。

全小樽陸産業勞働者會議

岸野殿

この決議《けつぎ》は岸野《きしの》の鼻《はな》を挫《くじ》いた。

七之助《のすけ》からの手紙《てがみ》には、「工場《こうぢやう》」も動《うご》き出《だ》して來《き》たと書《か》かれてゐた。

情報、九

二十四日《か》の「××糺彈演說會《きうだんえんぜつくわい》」當夜《たうや》に於《お》ける、××の血迷《ちまよ》へる醜體《しうたい》！　劍《けん》を短《みじか》く吊《つ》つた（イザッて云《い》へばすぐだ！）警官《けいくわん》を百人《にん》も會場《くわいぢやう》の內外《ないぐわい》に配置《はいち》する。會場《くわいぢやう》の周圍《しうゐ》には、要所々々《えうしよ〱》に繩《なは》を張《は》つて、交通《かうつう》を遮斷《しやだん》し（これでも交通《かうつう》××にならないから不思議《ふしぎ》だ。）來場《らいぢやう》の聽衆《ちやうしう》を一々誰何《すゐか》し、身體檢查《しんたいけんさ》をもつて威怖《ゐふ》せしめるのだ。

印刷屋《いんさつや》にはスパイを派《は》して、ビラの印刷《いんさつ》を妨害《ばうがい》し、會場々々《くわいぢやう〱》の先廻《さきまは》りをしては「あんな奴等《やつら》に貸《か》せば、會場《くわいぢやう》を壞《こは》されるぞ」と威壓的《ゐあつてき》に、明《あきら》かに「營業《えいげふ》の目的《もくてき》」を迫害《はくがい》してゐる。

然《しか》し、此等《これら》の彈壓《だんあつ》こそ逆《ぎやく》に我々《われ〱》の鬪爭《とうさう》をより强固《きやうこ》に、固《かた》く結《むす》びつかせるに役立《やくだ》つのだ。

一緒《しよ》に仕事《しごと》をしてゐるうちに、健《けん》は「ツン〱した」女《をんな》にひきつけられてきた。

「節《きた》ちやがね、健《けん》ちやは魔《ま》がさしてるんだつて、悲《かな》しさうにしてたよ。」

さう云《い》つて、キヌの妹《いもうと》がキヤッ〱と笑《わら》つた。勝氣《かちき》らしく仕事《しごと》をテキパキと片付《かたづ》けて行《い》つた。

十三 「女は女同志」

地主様の奥様にお願ひして
幼兒を背にして、五人の女房達きのふ小樽へ！

大《おほ》きな「見出《みだ》し」で小樽新聞《をたるしんぶん》が書《か》いた。——岸野農場《きしののうぢやう》の小作人《こさくにん》十餘名《よめい》は、三日來樽以來《からいそんいらい》、苦鬪《くとう》に苦《く》鬪《とう》を重《かさ》ねてゐるが、留守宅《るすたく》の妻君等《さいくんなど》も安閑《あんかん》として日《ひ》を過《す》ごすことが出來《でき》ない。「女は女同志」奥様《おくさま》にお願《ねが》ひをしやうと云《い》ふので、家《うち》に老人《としより》や子供《こども》を殘《のこ》し、村《むら》を後《あと》に出樽《しゆつそん》した五名《めい》の妻君《さいくん》はゴワゴワの木綿着《もめんぎ》物《もの》に澱粉靴《でんぷんぐつ》をはき、毛布《まうふ》の赤《あか》いキャハンを出《だ》して、幼兒《をさなご》を背《せ》に……云々《うんぬん》。

健《けん》は「連絡委員《れんらくゐゐん》」と入《い》り代《かは》つて、女房達《にようばうたち》とは一足遲《ひとあしおく》れて、小樽《をたる》へ出《で》てきた。

どの面さげて出て來た！
「畜生奴」
散々罵られたが奥様に面會せぬうちは歸らぬといふ女房

（小樽新聞）悲痛《ひつう》な決心《けつしん》のもとに來樽《らいたん》した妻君達《さいくんたち》は、直《たゞ》ちに岸野邸《きしのてい》におもむき夫人《ふじん》に面會《めんくわい》を求《もと》めたが、病氣《びやうき》の故《ゆゑ》で、遂《つひ》に面會出來《めんくわいでき》ないとの返事《へんじ》に對《たい》し、妻君達《さいくんたち》は、家《うち》の何處《どこ》でもいゝから寢《ね》かせて頂《いたゞ》いて毎日《まいにち》でも待《ま》つて居《を》ります、と云《い》つたが、一應《おう》爭議《そうぎ》團本部《だんほんぶ》に引《ひ》き上《あ》げることになつた。子供達《こどもたち》は久《ひさ》し振《ぶ》りで父親《ちゝおや》の顔《かほ》を見《み》たので、父《とう》さん、父《とう》さんと呼《よ》んで、抱《いだ》かるゝなど、一種《しゆ》の劇的場面《げきてきばめん》があつた。

妻君連《さいくんれん》は更《さら》に二十一日《にち》岸野氏宅《きしのしたく》に至《いた》り面會《めんくわい》を求《もと》めるところがあつた。

婦人爭議團《ふじんさうぎだん》の一人《ひとり》件君《はんくん》の女房《にようばう》語《かた》る。――私達《わたしたち》は岸野樣《きしのさま》の奥樣《おくさま》に面會《めんくわい》して、農場《のうぢやう》を開《ひら》くに苦心《くしん》した當時《たうじ》の有樣《ありさま》を詳《くは》しくお話《はな》し、そして今《いま》どんなに慘《みじ》めな暮《くら》しをしてゐるか申上《まをしあ》げたいと思《おも》つたのです。ところが、岸野《きしの》の御主人樣《ごしゆじんさま》は私共《わたしども》に「小樽《をたる》に面白《おもしろ》おかしく出《で》て來《き》たのか？――どの面《つら》さげて小樽《をたる》に出《で》てきたんだ。」とか、「眞人間《まにんげん》になつて出直《でなほ》して來《こ》い。」とか云《い》はれました。――眞人間《まにんげん》になれッて、どんな事《こと》かチットモ私共《わたしども》には分《わか》りません。

然《しか》し、女《をんな》なら女同志《をんなどうし》、この苦《くる》しいことが分《わか》つて頂《いたゞ》けると思《おも》つて、やうやく奥樣《おくさま》にお會《あ》ひ出來《でき》て、お話《はな》しました。どうでせう！　ところが！

「お前達《まへたち》の顔《かほ》も見《み》たくない！」いきなり大聲《おほごゑ》で叱《しか》りつけられました。

これは以外《いぐわい》でした。――私共《わたしども》は家《いへ》を出《で》るとき、皆《みな》さんにキット奥樣《おくさま》の溫《あたゝ》いお言葉《ことば》を頂《いたゞ》いて歸《かへ》ると云《い》つて來《き》たのでした。

「お前等《まへら》のために、この何《なん》十日《にち》ツても夜《よ》も滿足《まんぞく》に眠《ねむ》れたことがないんだ。――この恩知《おんし》らず奴《め》！」

私共《わたくしども》は申《まを》しました。「いゝえ奥樣《おくさま》、貴女《あなた》は夜《よる》もおち〳〵眠《ねむ》れないと仰言《おつしや》いましたが、それは然《しか》したゞ眠《ねむ》れないだけのことでせう。然《しか》し私共《わたくしども》は一日《にち》々々が生《い》きて行《い》けるか、行《い》けないかのことなんです。命《いのち》がけのことなんです。」

だが、もう決《けつ》してお前達《まへたち》には會《あ》はないし、云《い》ふこともきいてやらないから勝手《かつて》にせ！ とう〳〵さう云《い》つてしまひました。――涙《なみだ》ながらに語《かた》つた。

かくして岸野《きしの》小作爭議《こさくさうぎ》は、「社會的《しやくわいてき》に」益々《ます〳〵》深刻《しんこく》を極《き》はめて行《ゆ》くものゝ如《ごと》くである。

十四 「解散！ 解散!!」

「演說會《えんぜつくわい》」が開《ひら》かれた。健《けん》は組合《くみあひ》の人《ひと》や阿部《あべ》、伴《はん》などゝ一緒《しよ》に、劇場《げきぢやう》の裏口《うらぐち》から入《はい》つた。入口《いりぐち》で巡査《じゆんさ》から一々懷《ふところ》や袂《たもと》を調《しら》べられた。

「よし。」さう云《い》つて背中《せなか》を押《お》す。

「何《なに》が、よしだ！」――健《けん》にはグッと來《き》た。

「御苦勞《ごくらう》さんだな！」――組合員《くみあひゐん》は小馬鹿《こばか》にした調子《てうし》を無遠慮《ぶゑんりよ》にタ、キつけて、ドン／＼入《はい》つて行《ゆ》く。

二階《かい》から表《おもて》を見下《みおろ》すと、アーク燈《とう》のまばゆい氷《こほり》のやうな光《ひかり》の下《した》で、雪《ゆき》の廣場《ひろば》はカチ／＼と凍《い》てついてゐた。顎紐《あごひも》をかけた警官《けいくわん》が、物々《ものもの》しく一列《れつ》に延《の》びて、入《はい》り損《そこな》つた聽衆《ちやうしう》を制止《せいし》してゐた。丁度眞下《ちやうどました》に、帽子《ばうし》の丸《まる》い上《うへ》だけを見《み》せて、點々《てんてん》と動《うご》いてゐる黑《くろ》い服《ふく》が、クッキリ雪《ゆき》の廣場《ひろば》に見《み》えた。――所々《ところどころ》に小《こ》競合《ぜりあひ》が起《おこ》つて、そこだけが急《きふ》に騷《さわ》ぎ出《だ》して、群衆《ぐんしう》がハミ出《だ》してくる。警官《けいくわん》が劍《けん》をおさへながら、そこへバラ／＼と走《はし》つて行《ゆ》く。

二千人近《にんちか》くのものが歸《かへ》りもしないで、ヂリ／＼してゐた。

「立《た》ち止《どま》つちやいかん。」

「固《かた》まると、いかん。」

「こら、こら！」

警官《けいくわん》があちこちで同《おな》じことを繰《く》りかへしてゐた。

群集《ぐんしふ》のしやべつたり、怒鳴《どな》り散《ち》らしたりしてゐる聲《こゑ》は、一《ひと》かたまりに溶《と》け合《あ》つて聞《きこ》える。時々鋭《ときどきするど》く際立《きはだ》つてそのなかゝら響《ひゞ》くことがある。

――健《けん》は「有難《ありがた》かつた！」有難《ありがた》い！　有難《ありがた》い！　わけもなくその言葉《ことば》が繰《く》りかへされた。

嗄《しはれ》氣てゐた。廣場《ひろば》はギュン〳〵なつて——皆《みんな》は絶《た》えず足《あし》ぶみをしてゐた。下駄《げた》の齒《は》の下《した》で、ものの割《わ》れるやうな音《おと》をたてた。

演說會《えんぜつくわい》は最初《さいしよ》から殺氣立《さつきだ》つてゐた。

「橫暴《わうばう》なる彼等《かれら》××……」

「中止《ちうし》！」

直《す》ぐ入《い》り代《かは》る。

「資本家《しほんか》の××……」

「中止《ちうし》ッ！」

——二分《ふん》と話《はな》せない。出《で》るもの、出《で》るもの中止《ちうし》を喰《く》つた。

——阿部《あべ》も伴《はん》も演說《えんぜつ》が上手《うま》くなつてゐた。聽衆《ちやうしう》は阿部《あべ》や伴《はん》のゴッ〳〵した一言《ひとこと》〳〵に底《そこ》から搖《ゆ》り動《うご》かされてゐるではないか！　健《けん》は眼尻《めじり》にヂリ〳〵と淚《なみだ》がせまつてくる。いけない、と思《おも》つて眼《め》を見張《みは》ると、會場《くわいぢやう》が海底《かいてい》でゞもあるやうにボヤけてしまふ。

伴《はん》の女房《にようばう》も演壇《えんだん》に立《た》つた。——日燒《ひや》けした、ひッつめの百姓の女《をんな》が壇《だん》に上《あが》つてくると、もうそれだけで拍手《はくしゆ》が割《わ》れるやうに起《おこ》つた。そしてすぐ抑《おさ》へられたやうに靜《しづ》まつた。——聽衆《ちやうしう》は最初《さいしよ》の一言《ひとこと》を聞《き》き落《おと》すまいとしてゐる。

伴《はん》の女房《にようばう》は興奮《こうふん》から泣《な》き出《だ》してゐた。――泣《な》き聲《ごゑ》を出《だ》すまいとして、抑《おさ》へ〳〵て云《い》ふ言葉《ことば》が皆《みな》の胸《むね》をえぐつた。――あち、こちで鼻《はな》をかんでゐる。

「……これでも私達《わたしたち》の云《い》ふことは無理《むり》でせうか？――然《しか》し岸野《きしの》さんは畜生《ちくしやう》よりも劣《おと》ると云《い》はれるのです。」

拍手《はくしゆ》が「アンコール」を呼《よ》ぶやうに、何時迄《いつまで》も續《つゞ》いた。誰《たれ》か何《なに》か聲《こゑ》を張《は》りあげてゐた。

「こんな事《こと》はない！」

組合《くみあひ》の人《ひと》が健《けん》の肩《かた》をたゝいて、すぐ又走《またはし》つて行《い》つた。――「こんな事《こと》はない！」

次《つぎ》に出《で》た勞働組合《らうどうくみあひ》の武藤《むとう》は「三言《こと》」しやべつた。「中止《ちうし》！」そして直《す》ぐ「檢束《けんそく》！」

警官《けいくわん》が長靴《ながぐつ》をドカッ〳〵とさせて、演壇《えんだん》に驅《か》け上《あが》つた。素早《すばや》く武藤《むとう》は演壇《えんだん》を楯《たて》に向《むか》ひ合《あ》ふと、組合《くみあひ》員《ゐん》が總立《そうだ》ちになつてゐる中《なか》へ飛《と》びこんでしまつた。人《ひと》の渦《うづ》がそこでもみ合《あ》つた。聽衆《ちやうしう》も總立《そうだ》ちになつた。――武藤《むとう》は見《み》えなくなつてゐた。

「解散《かいさん》！　解散《かいさん》！！」――高等主任《かうとうしゆにん》が甲高《かんだか》く叫《さけ》んだ。

聽衆《ちやうしう》の雪崩《なだれ》は一度《ど》に入口《いりぐち》へ押《お》し縮《ちゞ》まつて行《い》つた。健《けん》がもまれながら外《そと》へ出《で》たとき、武藤《むとう》は七、八人《にん》の警官《けいくわん》に抑《おさ》へられて、橇《そり》(檢束用《けんそくよう》)へ芋俵《いもだはら》のやうに仰向《あふむ》けに倒《たふ》され、そのまゝグル〳〵と細引《ほそびき》で、俵掛《たはらが》けのやうに橇《そり》にしばりつけられてしまつてゐた。仰向《あふむ》けのまゝ、巡査《じゆんさ》に罵聲《ばせい》を投《な》げつけてゐる。——見《み》てゐる間《ま》に橇《そり》が引《ひ》かれて行《い》つてしまつた。百人位一固《にんぐらゐひとかた》まりになつた勞働者《らうどうしや》が「武藤奪還《むとうだつくわん》」のため警《けい》官《くわん》と競合《せりあ》ひながら、橇《そり》の後《あと》を追《お》つた。

會場《くわいぢやう》の前《まへ》には、入《はい》れなかつた群集《ぐんしふ》がまだ立《た》つてゐた。それと出《で》てきたものとが一緒《しよ》になると、喊聲《かんせい》をあげた。そして、道幅《みちはゞ》だけの眞黒《まつくろ》い流《なが》れになつて——警察署《けいさつしよ》の方《はう》へ皆《みな》が歩《ある》き出《だ》した。組合《くみあひ》のものが、その流《なが》れの「音頭《おんど》」をとつてゐることを健《けん》は知《し》つた。健《けん》は人《ひと》を後《あと》から押《お》し分《わ》け、——よろめき、打《ぶ》つかり、前《まへ》へ、前《まへ》へと突《つ》き進《すゝ》んだ。——もう、どんな事《こと》も何《な》んでもなかつた！

知《し》らないうちに、右手《みぎて》で拳《こぶし》がぎつしり握《にぎ》りしめられてゐた。

十五　事態が變つてきた

事態《じたい》が變《かは》つてきた。

祕密《ひみつ》に持《も》たれてゐた「地主協議會《ちぬしけふぎくわい》」のうちから、今《いま》では殆《ほと》んど社會全體《しやくわいぜんたい》と云《い》つていゝ反感《はんかん》が地主《ちぬし》に對《たい》して起《お》きてゐる時《とき》、これをこのまゝ何處《どこ》までも押《お》し通《とほ》して行《い》つたら、「大變《たいへん》なことになる」といふことを考《かんが》へる地主《ぢぬし》がだん〴〵出《で》て來《き》た。――それ等《ら》の人達《ひとたち》が岸野《きしの》に「妥協《だけふ》」をすゝめた。

岸野《きしの》の「工場《こうぢやう》」にストライキが起《おこ》りさうになつてゐた。――七之助《のすけ》がそのために必死《ひつし》に働《はたら》いてゐた。組合員《くみあひゐん》がモグリ込《こ》んでゐた。千名《めい》から居《ゐ》る職工《しよくこう》が怠業《たいげふ》に入《はい》りかけたといふことが、岸野《きしの》を充分《じうぶん》に打《う》ちのめしてしまつた。

爭議團《さうぎだん》では更《さら》にこの爭議《さうぎ》を「社會的《しやくわいてき》」なものにするために、學校《がくかう》に行《い》つてゐる小作人《こさくにん》の子供《こども》を一人《ひとり》殘《のこ》らず盟休《めいきう》させて、小樽《をたる》へ來《こ》させる策《さく》をたてた。それが新聞《しんぶん》に出《で》た。――體面《たいめん》を重《おも》んじるH町《まち》と小樽《をたる》の教育會《けういくくわい》が動《うご》き出《だ》した。岸野《きしの》に「かゝる不祥事《ふしやうじ》を未前《みぜん》にふせがれるやうに」懇願《こんぐわん》した。

勞働組合《らうどうくみあひ》に所屬《しよぞく》してゐるものゝゐる工場《こうぢやう》や沖《おき》、陸《りく》の仲仕《なかし》などが「同情罷業《どうじやうひげふ》」をしさうな樣子《やうす》がありありと見《み》えてきた。

――今迄《いままで》暗《あん》に力添へをしてゐた他《た》の資本家《しほんか》が、岸野《きしの》に「何《な》んとかしてくれなければ」と云《い》ひ出《だ》してきた。

事態《じたい》が急《きふ》に變《かは》つてきた。

調停委員《こうていゐゐん》が立《た》てられた。市會議員《しくわいぎゐん》五名《めい》、警察署長《けいさつしよちやう》、辯護士《べんごし》、勞働組合代表《らうどうくみあひだいへう》、農民組合代表《のうみんくみあひだいへう》、小作人《こさくにん》代表《だいへう》、有力《いうりよく》新聞《しんぶん》記者《きしや》、岸野側《きしのがは》。——物別《ものわか》れ、物別《ものわか》れを繰《く》りかへしながら、三度《ど》、四度《ど》と會見《くわいけん》を續《つゞ》けた。

そして出樽《しゆつそん》以來《いらい》三十七日間《にちかん》の苦闘《くとう》によつて、地主岸野《ぢぬしきしの》は屈服《くつぷく》した。——時《とき》、一九二七年《ねん》十二月《ぐわつ》二十三日《にち》、午後《ごご》九時《じ》四十八分《ぷん》。

その日《ひ》の「ビラ」は組合員《くみあひゐん》の手《て》から都會《とくわい》の勞働者《らうどうしや》に、——全道《ぜんだう》の農民組合《のうみんくみあひ》の手《て》から小作人《こさくにん》に——配《くば》られた。


小作人は今や昔日の生存權なき農奴より、戰鬪的勞働者階級の眞實の「同盟者」たり得ることを立證した。


封建的搾取と闘ふために！

耕作權確立のために！

日本農民組合に加入せよ！

勞働者と農民は手を結べ！


「勞」「農」提携爭議大勝利、萬歳!!

「もう五つ――」

争議團《さうぎだん》は小樽《をたる》の勞働者達《らうどうしやたち》に見送《みおく》られて、――一ケ月以上《げついじやう》の「命《いのち》がけ」の(伴《はん》は、あとで思《おも》ひ出《だ》すと、背中《せなか》がゾッとする、とよく云《い》つてゐた。――よくまアやつてきたもんだ。)鬪爭《とうさう》の地《ち》を後《あと》にした。

あと九ツでH停車場《ていしやば》だ！――もう七ツだ――もう五ツ――四ツ――三ツ、と、なると皆《みな》は云《い》ひやうのない氣持《きもち》に抑《おさ》へられた。近《ちか》くなればなる程《ほど》、小作人達《こさくにんたち》はムッつり默《だま》りこんできた。

――伴《はん》の厚《あつ》い、大《おほ》きな肩《かた》が急《きふ》に激《はげ》しく搖《ゆ》れた。と、ワッと泣《な》き出《だ》してしまつた。雪燒《ゆきやけ》した赭黑《あかぐろ》い顏《かほ》に、長《なが》い間《あひだ》そらなかつた鬚《ひげ》が一面《めん》にのびてゐた。――伴《はん》は自分《じぶん》の肱《ひぢ》に顏《かほ》をあてた。そして聲《こゑ》をかみ殺《ころ》した。

嬉《うれ》しかつた！　たゞ嬉《うれ》しい。それをどうすればいゝか分《わか》らないのだ。

女達《をんなたち》も思《おも》はず前掛《まへかけ》で顏《かほ》を覆《おほ》つてしまつた。

十六

「毎日毎日、一月も考へた。」

「ねえ、健《けん》ちや……」

節は餘程《よほど》云《い》ひ難《にく》いことらしかつた。

「……お父《とう》な、嫁《よめ》にでも直《す》ぐ行《ゆ》くんでなかつたら、都會《まち》さ稼《かせ》ぎに出《で》れッてるんだども……！」

——とう〱さう云《い》つた。

「俺《おれ》……俺《おれ》一緒《しよ》にならない。」——健《けん》は苦《くる》しかつた。

「……!?」

暗《くら》かつたが、節の額が瞬間《しゆんかん》化石《くわせき》したやうに硬《こ》はゞつたことを健《けん》は感《かん》じた。

「……考《かんが》へることもあるんだ。俺《おれ》小樽《をたる》から歸《かへ》つてから毎日《まいにち》々々、一月《ひとつき》も考《かんが》へた。……考《かんが》へたあげく、とう〱決《き》めることにしたんだ……俺《おれ》は、旭川《あさひがは》さ出《で》る積《つも》りだよ。」

「……何《なに》しに？」

「うん？」

「何《なん》しによ？」

「後《あと》で分《わか》るよ……」

「…………」

——節は健《けん》のうしろにまはしてゐる手《て》を、何時《いつ》の間《ま》にか離《はな》してゐた。

健《けん》は固《かた》い決心《けつしん》で旭川《あさひかは》に出《で》て行《い》つた。キヌの妹《いもうと》が見送《みおく》つてきてくれた。

彼《かれ》は、そして「農民組合《のうみんくみあひ》」で働《はたら》き出《だ》した。

（一九二九・九・二九）

冬が來た。プロレタリアの骨節にこたえる冬が來た！

獄中にゐる我等の××に綿入れは入つてゐるか？

遺族は路頭に迷つてゐないか？

救援ニュース No. 18. 附錄

（これはある部分《ぶぶん》抜けてゐる。然《しか》し文章《ぶんしやう》を少《すこ》し直《なほ》したゞけでそのまゝ附錄《ふろく》とした。）

んで行《ゆ》きました　みんな一列《れつ》にならんで、おいしやさんのところへ一人《ひとり》づゝつめて行《ゆ》きました。おいしやさんは生徒《せいと》のむねをこつ〳〵たゝいたり、きかいをあてたり、目《め》をひつくりかへしたりして、そばにゐる人《ひと》に何《なに》か云《い》つてゐました。私《わたし》のばんにきました。私《わたし》は赤《あか》くなつて、からだがふるえ、こまつてゐました。はづかしくてならなかつたのです。私《わたし》ははだかになるのが、どんなにいやだか分《わか》りません。

私《わたし》は先生《せんせい》のお話《はなし》をきいてゐるときなど　からだを何《なん》びきもしらみが走《はし》つて、ちつともぢつとしてゐられないのです。私《わたし》はいつでもふところの中《なか》に手《て》をいれてやつて、しらみを手《て》さぐりでおさへてゐました。一生《しやう》けんめいに、それをゆび先《き》でこすつて、つぶすのです。でも、すぐ又《また》からだのほかの方《はう》で、ざわざわ走《はし》りだすのです。私《わたし》はそれではだかになるときに、からだにしらみがついてゐるのではないかとおもつて、いつでもいやで〳〵たまらなかつたのでした。いつか、たいかくけんさの時《とき》に、私《わたし》のまへにならんでゐた人《ひと》のくびに、しらみがあるいてゐたのをみました。その時《とき》それがちようど自《じ》分《ぶん》であつて、よその人《ひと》にでもみられたときのやうに、私《わたし》はまつかになりました。

そればかりでなく　おゆには入《ひ》つてゐないし、じゆばんがぼろ〳〵してゐるし、こしまきもなく、からだがく(七、八字《じ》程《ほど》不明《ふめい》)おいしやさんは何《な》んべんもあたまをふりました。ほかの人《ひと》よりくわしくみるのです。私《わたし》はむねがどき〳〵して、じぶんで赤《あか》くなるのが分《わか》るほどでした。おいしやさんはほうと云《い》ひました。そばの人《ひと》にそして何《なに》かいひました。

おいしやさんはあとで私《わたし》だけをよんで、いろ〳〵のことをきゝました。お母《かあ》さんはゐるか。私《わたし》は二《ふた》人《り》ゐますとこたへました。お母《かあ》さんが二人《ふたり》もかい、とびつくりしてきゝかへしました。お母《かあ》さんが二《ふた》人、へんだなあ。ほんとうのと・・・・さう私《わたし》がいひかけると、ほんとうのと、うそのかいとわらつて云《い》ひました。私《わたし》はあたまでうなづきました。おいしやさんはだまつて、そしてしばらく私《わたし》のかほをみてゐました。もらはれたんだね、と云《い》ひました。

どうだね、うそのお母《かあ》さんは。

お母《かあ》さんはいつでも早《はや》く大《おほ》きくなれといつてゐます。私《わたし》はそのとほりこたえました。それでもお前《まへ》はごはんさへろく／＼たべてないではないか、からだをみればすぐ分《わか》る、さう云《い》ひました。私《わたし》はだまつてゐました。お母《かあ》さんは私《わたし》が大《おほ》きくなつたら、賣《う》るといつてゐるのです。私《わたし》はそれがどんなことであるか分《わか》りません。しかしそれはきつとおそろしいことなのです。お母《かあ》さんはいつでも早《はや》く大《おほ》きくなれと云《い》ひます。私《わたし》はさう云《い》はれるたびに、それがどんなにおそろしいか。お母《かあ》さんはその時《とき》やくにたつのだといつて、いろ／＼なうたをおしへてくれてゐるのです。

うたのことでおもひ出《だ》しましたが　よほどまへ、私《わたし》がほんとうのお母《かあ》さんのところへ行《い》つて、弟《おとうと》とあそんでゐながら、しらないうちに、ひくいこゑで、月《つき》はよるでゝ、あさかへる・・・・とうたつてゐました。私《わたし》がなにかで、ひよいとうしろを見《み》たら、はんぶんあいたしやうじのところによりかゝつて、お母《かあ》さんがぢつとうしろから私《わたし》をみてゐました。私《わたし》はお母《かあ》さんの目《め》がなみだで一ぱいにひかつてゐるのをみました。

お父《とう》さんがゐたときから　くみあいの人《ひと》がくるとすぐ弟《おとうと》がこたつの上《うへ》にふんばつて、おれらはぷろれたりや、しほんかはてきだ、と云《い》つて、みんなをよろこばしてゐました。お父《とう》さんがおしへるのです。はじめ私《わたし》だちはなか〲ぷろれたりやといふことばが云《い》へなかつたのです。弟《おとうと》はふんばりはふんばつても、そのぷろれたりやといふのが口《くち》がまはらず、どもつて、かほをしかめ、それからとうとうあたまをかいてしまふことがありました。私《わたし》だちは赤《あか》はたのうたといふのもおぼえてゐます。よくこゑを合《あは》せてうたひました。ひきようもの、去《さ》らば去《さ》れ、そこがすきで、そこばかりくりかへしてうたつてゐました。お父《とう》さんやくみあいの人《ひと》が、そのたびに、えらい、えらいと云《い》つて、あたまをなでゝくれました。お父《とう》さんは、大《おほ》きくなつたら弟《おとうと》や私《わたし》をどうしてもこうばに入《い》れて、ぷろれたりやにするのだといつてゐました。お父《とう》さんがけいさつにつれて行《ゆ》かれ、たべることができなくなつてしまひ、それに私《わたし》がこんなにな（一行程不明《ぎやうほどふめい》）のに、月《つき》はよるでゝ、あさかへる…お前《まへ》はもうお父《とう》さんがおしへてくれたうたの方《はう》はわすれたらふね、とお母《かあ》さんがそのとき云《い》ひました。いつのまにか、私《わたし》はあかはたのうたもうたはないでゐたのでした。それで私《わたし》は今《いま》でもそのときのことが、あたまのなかにのこつてゐるのです。

おいしやさんは　私《わたし》がなにも云《い》はなくなつたので、もうよし〳〵と云《い》つて、お母《かあ》さんにもつてゆくんだよ、とてがみをわたしてくれました。私《わたし》はどつちのお母《かあ》さんかとおもひ、みち〳〵かんがへました。が、今《いま》のお母《かあ》さんにはみせるきがせず、ほんとうのお母《かあ》さんのところへもつて行かうとかんがへました。しかし、さうきめても、心《こゝろ》がうしろから、うしろからおひかけられるやうでした。ほんとうのお母《かあ》さんのところへ行《い》つたのを、今《いま》のお母《かあ》さんにみつけられると、私《わたし》ははりへつるされるのです。私《わたし》はいちどさうされてから、まだ右《みぎ》の手《て》のふしがいたんでなりません。私《わたし》ハアルイテヰルウチニ、ダン〳〵シンパイニナリマシタ。ソノ手《て》ガミノ中《なか》ニハ、何《なに》カキツトタイヘンナコトガカイテアルノデハナイカト思《おも》ハレテキタノデシタ。一度《ど》サウオモウト、モウ私《わたし》ハハンブンナキダシサウニナリマシタ。フトコロノ上《うへ》カラテガミヲオサヘテ、人《ひと》ゴミノナカヲ走《はし》リダシマシタ。

ウチノカドマデキテ　一ドタチドマリマシタ。イツデモソウシテヰルノデス。何《なに》モカワツタコトガナイヤウデシタ。私《わたし》ハウラノ方《はう》ヘマワロウトシテ、トソノトキ、フクヲキタ人《ひと》ガデテキタノデス。私《わたし》ハギヨツトシテ、足《あし》ガチヾマサリマシタ。やあ、キヌか、その人《ひと》は私《わたし》のなをいもました。でも、私《わたし》はなんだか、その人《ひと》がにくらしい人《ひと》で、おそろしい人《ひと》であるきがして、だまつてゐました。それにひざかぶが、どうしてもかた〳〵ふるえてなりませんでした。私《わたし》はおもひつきました。それはほんとうににくらしいやつなのです。いつでもお父《とう》さんのあとをついて行《い》つたり、お父《とう》さんがどこへ行《い》つたか、お前《まへ》しつてるだらふ、ときいたりするスパイでした。どうだ、あたらしいお母《かあ》さんにめんこがられてゐるか、と云《い》ひました。私《わたし》はへんじをしないで、そいつのかほをにらんでやりました。それから、おぢさん、お金《かね》ちようだいよ、と云《い》ひました。けいさつの人《ひと》は、へえ、といふかほをして、私《わたし》のかほをみてから、ふうん、ばかやろ、さう云《い》つて、行《い》きかけました。私《わたし》は、よお——と云《い》つて、うしろからひぢにつかまりました。おぢさんがお父《とう》さんをつれて行《い》つてしまつたから、お母《かあ》さんがとつてもこまつてゐるんだもの、と云《い》ひました。づうづうしいやつだ、こいつらはみんなかうだ、ぶつ〳〵いつてそれでもしかたがなくかくしをさがし出《だ》しました。見《み》ろ、とおもひました。先生《せんせい》、私《わたし》ハ心《こゝろ》ノ中《うち》デ、コレデオ父《とう》サンノカタキガトレタ、トオモツテ、ウレシクテ、ウレシクテ、ナリマセンデシタ。スパイハ手《て》ノヒラヲヒラカセテ、ソレニ十センダマ一ツノセテクレマシタ。ソレカラ、ソツトシタヲ出《だ》シタノモ知《し》ラナイデ、カタヲフツテ、グヂヨ〳〵シタミチヲカヘツテ行《ゆ》キマシタ。ソレヲヂツト見《み》テヰルウチニ、私《わたし》ハジブンデモ分《わか》ラズニ、ナミダガ出《で》テキマシタ。イチド出《で》ルト、アトカラ、アトカラ出《で》テキマシタ。ナゼダカ分《わか》リマセン。

私《わたし》ノカホヲミルト オ母《かあ》サンハモウ泣《な》キダシテヰマシタ。ズイブン長《なが》イ間《あひだ》コナカツタノデス。アシタオ前《まへ》ノトコロヘ、コツソリモツテ行《い》ツテヤロウトオモツテ取《と》ツテオイタノダト云《い》ツテ、ミカントアンパンヲ出《だ》シテクレマシタ。ソノトキ、オシ入《い》レガガタ〳〵シタノデス。私《わたし》ハコヱヲアゲルトコロデシタ。スルト男《をとこ》ノ人《ひと》ガノツソリ出《で》テキマシタ。モウ行《い》ツタロウ、ト云《い》ヒマシタ。クミアヒノ人《ひと》デシタ。オ母《かあ》サントハナシヲシテヰタトコロヘ、ケイサツノ人《ひと》ガキタノデ、アワテ、ソノ中《なか》ニカクレテヰタノダト云《い》ヒマシタ。ソレデ、ミンナデオカシクナツテ、コヱヲ出《だ》シテワラヒマシタ。

クミアヒノ人《ひと》ハ、オ父《とう》サンノコトヲワスレズニ、トキ〴〵マワツテキテクレテヰマシタ。ケイサツニ行《い》ツテヰルノハ、オ父《とう》サンバカリデナク、何《な》ンデモコノ市《し》カラ二十四、五人《にん》モヰルサウデス。コノクミアヒノ人《ひと》ダチハ、ミンナデ、私《わたし》ノウチノヤウナ人《ひと》ダチヲタスケルタメニ、オ金《かね》ヲアツメテ、ソレヲクバツテアルイテヰルノデス。チヨウド、ソレヲモツテキテクレテヰタノデシタ。

弟《おとうと》ハボロ〳〵ニナツタヱ本《ほん》ヲミテヰマシタ。アタマダケガダン〳〵大《おほ》キクナツテ、目《め》ガコノ前《まへ》ノトキヨリモ又《また》モツトギヨロ〳〵シテヰマシタ。私《わたし》ハ弟《おとうと》ノホソイクビヲミルト、カナシクナツテキマシタ。オ母《かあ》サンニ、弟《おとうと》ガドコカワルイノデナイノ、トキヽマシタ。オ母《かあ》サンハウカナイカホヲシマシタ。弟《おとうと》ハ學校《がくかう》デハヨクケンクワヲシカケラレタリ、ナカマハヅレニサレテヰマシタ。オ父《とう》サンノコトガスツカリ分《わか》ツテヰタノデス。ソレデ弟《おとうと》ハ學校《がくかう》ヘ行《ゆ》クノヲイヤガツテヰマシタ。

クルタビニ　ウチノ中《なか》ガダン〳〵ガラントシテキテヰマシタ。ソレハ私《わたし》ニモワカリマシタ。ウチニヰタトキ、私《わたし》ハオ母《かあ》サンノアトニツイテ、シツヤヘヨク行《ゆ》キマシタ。オ母《かあ》サンハオビヤタビマデモツテ行《ゆ》キマシタ。ソレカラドコヘ行《ゆ》クニモ、ヒモバカリシメテヰマシタ。冬《ふゆ》ガチカクナルト足《あし》ニヒヾガキレテ、赤《あか》クワレテ、ニクガミエマシタ。シヨウヂハクミアヒカラシンブンノアマリヤ、ビラノアマリヲモラツテキテ、ベタ〳〵ハツテアリマシタ。ソレモヤブレテ、ツメタイ風《かぜ》ガ入《はひ》ツテキマシタ。ウラ口《ぐち》カラ入《はひ》ツテクルト、オモテヘソノマヽ、フキヌケテ行《ゆ》クノデス。

私《わたし》ハオ母《かあ》サンガドンナニシンパイスルカトイフコトガ分《わか》ツテヰテモ、今《いま》マデアツタコトヲ、ナンデモ、カンデモ云《い》ツテ、アマイタイ心《こゝろ》デ一パイデシタ。イツデモヒネラレタリ、タヽカレタリシテヰルノデスモノ。私《わたし》ハオ母《かあ》サンノトコロヘクルトキニハ、アルキナガラ、アノコトモ、コノコトモト一ツ一ツカゾイテソレヲワスレナイヤウニ何《な》ンベンモ、何《な》ンベンモ、オボエナホスコトニシテヰルノデス。

オ母《かあ》サンハ字《じ》ガヨメマセン。オイシヤサンノ手ガミハクミアヒノ人《ひと》ニミテモラウコトニシマシタ。クミアヒノ人《ひと》ハヨミナガラ、私《わたし》ノカホヲミテ、キヌチヤンガエイリヨウフレヨウダカラ、ウチデ何《なに》カヂヨウニナルモノヲタベサスヤウニシナケレバナラナイ、ト云《い》ヒマシタ。キノヨワイオ母《かあ》サンハ、ワケハ分《わか》ラナイガ、モウオロ〳〵シテ、私《わたし》ノ手《て》ヲギツチリニギリナガラ、ソレハドウイフコトカトキ、マシタ。オ母《かあ》サンハドモツテシマツテ、エイリヨウ（鉛筆《えんぴつ》ノタメ、二行程不明《ぎやうほどふめい》）キカレマシタ。ハジメハワカリマセンデシタガ、ダン〳〵何《な》ンド目《め》ヲコスツテ、見《み》ナホシテモ、オカシイノデス。イツデモ日《ひ》グレチカクナルト、ソウデシタ。ウラ口《ぐち》ヘスミヲトリニ行《ゆ》クトキナド、ジブンデモオカシイ、オカシイトオモヒナガラ、ソレデヰテツマズキマシタ。ソシテ、イキナリ上《あが》リ口《くち》ヘノメリマシタ。次《つ》ギカラハ、コノヘンニ何《なに》カアツタトオモツテ、キヲツケテヰナガラ、ヤツパリスグツマヅイテシマヒマス。クミアヒノ人《ひと》ハ、ソレハトリ目《め》ニナツテヰルノダ、ト云《い》ヒマシタ。

クミアヒノ人《ひと》ガカヘツテカラ、オ母《かあ》サンガカンゴクニヰルオ父《とう》サンカラキタ手《て》ガミヲ出《だ》シテキマシタ。私《わたし》ニモ分《わか》ルヤウニ、カタカナデカイテアリマシタ。私《わたし》ハコヱヲダシテ、一字《じ》一字《じ》オ母《かあ》サンニヨンデキカセマシタ。私《わたし》ハダン〳〵ヨメナクナリマシタ。ナミダガデテキテ、字《じ》ガドウシテモ見《み》エナクナルノデス。ソレニコヱガフルエルノデス。オ母《かあ》サンモ目《め》ヲコスツテ、ナンドモハナヲカミマシタ。オ父《とう》サンニコウコウヲシテクレルナラバ、ドウシテオ前《まへ》タチノオ父《とう》サンガ、カンゴクニツレテ行《ゆ》カレタカトイフコトヲヨク考《かんが》ヘテミテ、オ父《とう》サンノアトヲツイデクレルコトダ。オ父《とう》サンガヰナクナツテ、クルシイコトバカリダロウ。ソレデモ、ケツシテコレダケハワスレナイデオクレ。オ前《まへ》ダチガコノコトヲ分《わか》ツテクレ、ドン〳〵大《おほ》キクナリ、ツヨイ人間《にんげん》ニナツテクレルナラ、オ父《とう》サンハカンゴクノ中《なか》ニヰテモ、チツトモサビシイコトガナイ。ソレバカリヲマイニチタノシミニオモツテヰル。私《わたし》ハコエヲアゲテナイテシマヒマシタ。コレ健《けん》ヤ、オ前《まへ》キイタカ、オ母《かあ》サンハ弟《おとうと》ノカタヲユスリマシタ。ソノトキ、ヒヨツコリ、サツキノクミアヒノ人《ひと》ガ入《はひ》ツテキマシタ。オ金《かね》ヲ二圓《えん》モツテキタノデシタ。私《わたし》ニ八ツメウナギヲタベラシタライ、、ト云《い》フノデス、ミルト、サツキキテヰタジヤケツヲキテヰマセンデシタ。

私《わたし》ハホツペタヲヒネリアゲルオ母《かあ》サンガ、マチカマヘテヰルコトガ分《わか》ツテオリ、ソレガ目《め》ノマヘニチラ〳〵シテヰナガラ、ヤツパリカヘルノヲモウ少《すこ》シ、モウ少《すこ》シノバシテヰマシタ。オ母《かや》サンモカヘシタガラナイノデス。イモヲフカシテクレタリ、カミニクシヲ入《い》レテ、シラミヲトツテクレタリ、オヤユビノデタ足《た》ビニツギヲアテ、クレタリ、少《すこ》シデモカヘスノヲノバシテヰルノデス。ソレガ私《わたし》ニモ分《わか》リマス。スルト、モウドウシテモカヘリタクナクナルノデシタ。

日《ひ》ガクレカケテヰマシタ。オ母《かあ》サント弟《おとうと》ガコウジヲトオリマデ、オクツテキテクレマシク。弟《おとうと》ハカタヲスボメテ、セキヲシテヰマシタ。ソトハカゼガサムクフイテヰマシタ。ミチ〳〵ナント云《い》ヒワケシヤウカ、ソレバカリ考《かんが》ヘテヰルト、シラナイウチニ、ドン〳〵ハシラサツテヰマシタ。夜《よる》ニナツタラチリカミヲウリニデナケレバナリマセン。

先生《せんせい》トハオ別《わか》レデスカラ、ナンデモ云《い》ヒマス。うそのお母《かあ》さんのところへは、まいばんちがつたお父《とう》さんがくるのです。お母《かあ》さんはそれをお父《とう》さんと云《い》へといひます。年《とし》をとつた女《をんな》の人《ひと》が、いつでもおそくなつてから、うら口《ぐち》からこつそり男《をとこ》の人をつれてくることになつてゐました。ソシテソノ男《をとこ》ノ人《ひと》ハ次《つぎ》ノアサカ、オヒルコロカヘツテ行キマシタ。ヒトバン中《ちう》サケヲノンデ、サワグコトガアリマシタ。シマヒニ、ケンクワニナツテ、オ母《かあ》サンガナグラレタリ、カミヲツカンデ引《ひ》キズリマハサレタリスルコトガアリマス。デモ、ソレヨリ、イクラ先生《せんせい》ニデモ云《い》ヘナイヤウナコトヲ、私《わたし》ガソバニヰルノニスルノデス。私《わたし》ハドウスレバイヽカ、ドウニモデキナクテ、タヾウロ／＼スルバカリデス。ソレダノニ、オ母《かあ》サンハ、オ前《まへ》モハヤクコンナコトヲオボエテ、オ母《かあ》サンニオ金《かね》ヲカセイデクレナケレバナラナイ、ト云《い》フノデス。私《わたし》ハオシ入《い》レノ中《なか》ニチヾコマツテ、フルヰテヰルヨリドウスルコトモデキマセンデシタ。

コノ前《まへ》デシタ。私《わたし》ハハシゴダンノドタン／＼トイフ音《おと》デ、ビツクリシテ目《め》ヲサマシマシタ。スグ火《くわ》事《じ》ダトオモツテ、私《わたし》ハトナリニヰルオ母《かあ》サンヲヨビマシタ。ト、オ母《かあ》サンノヰルヘヤデ、キユウニ何《なに》カサワギガオコツタノデス。私《わたし》ハブル／＼フルエナガラ、シヨウヂヲアケマシタ。アケテ私《わたし》ハヽツトシマシタ。ジユンサガ上《あが》ツテキテヰルノデス。前《まへ》ノバンニキテヰタ男《をとこ》ノ人《ひと》ハ何《なに》カキカレテヰマシタ。

オ母《かあ》サンハソレカラ一シユウカンモ、ケイサツカラカヘツテキマセンデシタ。私《わたし》ハサムクテ、ハラガヘツテナイテヰナケレバナリマセンデシタ。

私《わたし》ダチハ人《ひと》ノニカイヲ二《ふ》タマカリテヰタノデス。オ母《かあ》サンハ私《わたし》ノヰル方《はう》ヲ、私《わたし》ダケデハモツタイナイト云《い》ツテ、ツミトリニンプ（積取人夫《つみとりにんぷ》）ヲツレテキテ、ゲシユクサセマシタ。フトンガ一枚《まい》シカナイノデス。私《わたし》ハネルトキガキテモ、スミコニチヾマツテヰマシタ。カゼヲヒクヨ、ネツチヤ、ソノ人《ひと》ハサウ云《い》ヒマシタ。シカタナク、私《わたし》ハ石《いし》コロミタイニ、コツチリカタクナツテ、フトンノハシノ方《はう》ニ入《はひ》ツテネマシタ。ソノツミトリニンプハトキ〴〵ヨツパラツテ、カヘツテキマシタ。私《わたし》ハサケクサイイキヲカケラレルト、ムネガワルクナリ、アサマデネムレマセンデシタ。トナリデハオ前《まへ》ノオ母《か》ガウマイコトヲシテルンダカラナ、ソンナコトヲ云《い》ヒマシタ。私《わたし》ハゾツトシマシタ。オ母《かあ》サンニオキヤクサンガナイト、ソノニンプガオ母《かあ》サンノトコロヘ行《い》ツテヰルノデ、私《わたし》ハドンナニオ母《かあ》サンニオキヤクサンガナイノヲヨロコンダカシレマセン。先生《せんせい》、ソレニコンナコトガアツタノデス。私《わたし》ハコノ前《まへ》ノ夜《よる》、キヤツト云《い》ツテ、ハネ上《あが》リマシタ。ネテヰルマニ、ニンプガ私《わたし》ニヒドイコトヲシヤウトシテヰルノデス。私《わたし》ハマツサヲニナツテ、イキナリカイダンノトコロヘハシリマシタ。ソシテ、ソノマヽノメツテ、カイダンヲヒドイ音《おと》ヲタテナガラ、オチテ行《ゆ》キマシタ。私《わたし》ハモウ何《なに》モカモ分《わか》ラズ、ムチウダツ

（以下《いか》二行程不明《ぎやうほどふめい》――この邊《へん》から鉛筆《えんぴつ》がペンになつてゐる）オソロシイバカリデス。デモ、ミンナヤツパリオ金《かね》ガナイカラダトオモヒマス。私《わたし》ニダツテソレハ分《わか》リマス。オ金《かね》ガナカツタラ、オ母《かあ》サンノヤウニモナラナケレバナラナイトオモヒマス。ミンナイヽ人《ひと》デス。私《わたし》ハシカシドンナコトガアツテモ、オ父《とう》サンノ云《い》ツタトウリコウバニ入《はひ》ツテ、女工《ぢよこう》サンニナラウトオモツテヰマス。ソシテ三ネンスルト出《で》テクルオ父《とう》サンヲヨロコバシテアゲタイ、トオモツテヰルノデス。デモ、私《わたし》ハウラレ、

（この次《つぎ》に續《つゞ》かなければならない分《ぶん》が脫《ぬ》けてゐるらしい。）

ワカリマセン。ドコデモ、イキナリダメ〳〵ト云《い》ヒマス。オ客《きやく》サンノジヤマニナルンデナイノ、キノフモオトツイモキタクセニ、ウスギタナイ、ジヨキユウサンハキレイナカホヲ、イヂワルクシカメテ、ニラミツケタリシマシタ。私《わたし》ハサウ云《い》ヘレルダビニ、心《こゝろ》デハウロ〳〵シナガラ、ソレデモ立《た》ツテヰルノデス。しらんかほをして、びーるをのんでゐる人《ひと》や、きぶんがわるくなつたと、こそ〳〵云《い》つてゐる人《ひと》や、あります。私《わたし》はひとり〳〵、おぢさんちり紙《がみ》をかつて下《くだ》さい、とてえぶるによつて行《ゆ》くのでした。こまつたな、かねがないんだよ、といふ人《ひと》がゐました。私《わたし》はおもはずてえぶるの上《うへ》をみま

す。私《わたし》などのしらないりようりがたくさんのつてゐるのでした。私《わたし》はそれとお客《きやく》さんのかほを何《な》んどもみてゐるうちに、なんだかさびしく、はづかしくなつてきます。おきやくさんのうちには、わざにふところからさいふを出《だ》して、それをてえぶるにたゝいてみせたり、しました。私《わたし》はつぎのてえぶるに行《ゆ》きます。よつぱらつたお客《きやく》さんはいきなりばかツと、どなるのです。うるさい、うるさい、でて行《い》きやがれ。私《わたし》はおきやくさんがかへつて行《ゆ》くときに、五、六圓《えん》もはらつて、一えんもてえぶるにのこして行《ゆ》くのを何《な》んどもみたことがあります。私《わたし》はところが、一《ひと》ばん、あさの二時《じ》ころまで市《まち》のなかをあるいて、それで一圓《えん》になることなんか、なか〳〵ないのです。先生《せんせい》は私《わたし》がどうしていつでも教室《けうしつ》でえねむりをしてしかられたか、今《いま》わかつて下《くだ》さることゝおもひます。うちへかへつてねるのが、三時《じ》になることさへあるのです。

なかには、よし〳〵ひとつ買《か》ふかな、と云《い》つてくれる人《ひと》もあります。よぶんなお金《かね》をてのひらににぎらしてくれる人《ひと》もありました。ところが私《わたし》が入《はひ》つてゐるところへ、ほかのやつぱり同《おな》じやうにまはつてあるいてゐる人《ひと》が入《はひ》つてくることがあります。私《わたし》はかほがまつかになつて、おたがひにきまりわるく、いそいで外《そと》へにげてしまふこともありました。私《わたし》はいろ〳〵な同《おな》じ人《ひと》を知《し》りました。かんごくべやからきたといふ、いつでも足《あし》のぶる〳〵してゐる、はんてんをきた人《ひと》や、なにはぶしやしばいのやくしやのまねをしてあるいてゐる人《ひと》や、私《わたし》よりも小《ちひ》さい男《をとこ》の子《こ》や女《をんな》の子《こ》などのゐることもしりました。はんてんの人《ひと》は、お金《かね》やたばこをもらつてあるいて、それがおはると、ていしやばのいすにねるのだと云《い》つてゐました。かへりに一しよになると、いくらになつたときいて、私《わたし》が少《すく》なかつたりすると、おれは今日《けふ》すこし多《おほ》いから、といつて、おかねを分《わ》けてくれることがありました。足《あし》がぶる〱ふるえて、はやくあるけないので、私《わたし》はとき〲まつたり、ゆつくりあるかなければなりませんでした。つぢうらをうつてあるいてゐる小《ちひ》さい男《をとこ》の子《こ》が、ふゞきのばんに、手《て》がつめたい、つめたいとなきながらあるいてゐるのを、私《わたし》があごの下《した》に入《い》れて、あつためてやつたこともありました。でも、なかにはひどい人《ひと》もゐました。ちようど、かふえの前《まへ》で、ほかの女《をんな》のひとゝ一しよになつたとき、その人《ひと》が、お前《まへ》も入《はひ》つてきたら、ぶんなぐるぞと云《い》つて、私《わたし》をいきなり雪《ゆき》のなかにおしこんだりしたことがありました。

私《わたし》は一人《ひとり》の男《をとこ》の子《こ》としりあひになりました。あるとき、かふえに入《はひ》つて行《ゆ》くと、お客《きやく》さんがその男《をとこ》の子《こ》を、このほいと(乞食《こじき》のこと)出《で》ていきやがれ、と云《い》つたさうです。男《をとこ》の子《こ》はむつとして、どこがほいとだ、と口《くち》をかへしました。ところが、おきやくが、ばかやろふ、金《かね》をもらひにきたくせに、と云《い》つた。男《をとこ》の子《こ》はいきなりじぶんのもつてゐたつじうらを、おきやくのかほにぶつつけると、だれがお前《まへ》に金《かね》をくれといつた。さう云《い》つて、足《あし》にかぢりついたのでした。あとでさん〴〵なぐられて、雪《ゆき》のふつてゐた外《そと》へなげ出《だ》されたさうでず。私《わたし》はその話《はなし》をきいてゐるうちに、からだがふるえてきました。それでも男《をとこ》の子《こ》は、おれだちは何《なに》もほいとをしてあるいてるんでないんだから、少《すこ》しもびくびくしてゐなくてもいゝんだと云《い》ひました。私《わたし》はそれはさうだとおもひました。何《なに》かお金《かね》のある人《ひと》とない人《ひと》、お父《とう》さんの云《い》はれてゐたことが、わかるきがします。然《しか》しなかまの人《ひと》はその男《をとこ》の子《こ》をなまいきだと云《い》つて、あまりしたしくしてゐませんでした。

少《すこ》してもお金《かね》がよぶんに入《はひ》ることがあると、私《わたし》はそれをもつて、こつそりうちへより、弟《おとうと》にやることにしてゐました。弟《おとうと》はほんとうによろこんでくれました。私《わたし》は弟《おとうと》によろこんでもらふことぐらひ、うれしいことはありません。ねつちや、さむかつたろ、弟《おとうと》がさう云《い》つてくれます。元氣《げんき》のいいときには、お父《とう》さんとそれにねつちやのかたきをとつてやらなければならないんだ、など云《い》ひました。

お母《かあ》さんはこまつてゐました。どこへ行《い》つても、お父《とう》さんのことで長《なが》くゐることはできなかつたのです。男《をとこ》のにんぷと一しよにはまで俵《たはら》をかづいたり、豆《まめ》よりへ行《い》つたりしてゐました。夏《なつ》からみるとだん〳〵やせてきてゐました。

夜《よる》おそくなつてからでした。すこしお金《かね》をもつてゐたので、私《わたし》はうちの方《はう》へまはりました。入《はひ》らふとしたとき、だれか人《ひと》がきてゐたので、だれかとおもつて、うらへまはつてみました。すぱいです。そしてくものやうな、そのうすきみのわるいすぱいが、お母《かあ》さんに何《なに》かいたづらをしてゐるのです。私《わたし》のからだは石《いし》のやうになりました。私《わたし》はお母《かあ》さんとさけんだきり、そこへたほれてしまひました。すぱいはお母《かあ》さんに、くらしをたすけてやるからと云《い》つて、前《まへ》からなんどもそんなことをしてゐたのです。

私《わたし》はおそろしいきがします。これからどんなことが、もつと、もつとくるのでせう。くみあいの人《ひと》もどうしたのかゐなくなりました。私《わたし》はくみあいの人《ひと》からたのまれてゐることがありました。毎《まい》ばんしようばいに出《で》るとき、おしえられたところへよつて、そこからてがみをもつて、やつぱりおしえられた別《べつ》のところへもつて行くことになつてゐたのです。それが二、三日前《にちまへ》からどつちの方《はう》にも、だれもゐなくなつてしまひました。お母《かあ》さんはまた何《なに》かおこつたんでないか、としんぱいしました。それで、とき／＼今《いま》までもつてきてくれたお金《かね》なども、ちつともこなくなつてしまつたのでした。

ふゞいてゐたばんでした。十二月《ぐわつ》のおはりころになると、くるばん、くるばんふゞいてばかりゐました。一時《じ》すぎると、外《そと》はだれもあるいてゐません。雪《ゆき》とかぜだけが、だれもゐなくなつたまちのとほりを、ぐる〳〵うづをまいて、ふいてゐるばかりです。まへからきたとおもつて、うしろむきになると、又《また》まつしようめんからふいてくるのです。ふゞきで、そとにつけてあるでんとうも見《み》えなくなつたりしました。かぜがおそろしいうなりをたてゝゐました。私《わたし》ははらがへり、それにさむさで、はんぶん泣《な》いてゐました。こんなときお父《とう》さんは火《ひ》もなんにもないかんごくの中《なか》で、どうしてゐるだらうか、とそれがおもはさりました。かへつてくると、お母《かあ》さんにはおきやくさんがゐました。お母《かあ》さんはさけをのんで、赤《あか》いかほをしてゐました。私《わたし》をみると、お前《まへ》の弟《おとうと》が死《し》にさうだと、さつきつかひがきてゐたと云《じ》ひました。私《わたし》は立《た》ちすくんでしまひました。かへつてぽかんと立《た》つてゐました。私《わたし》は何《なに》をきいたのか、それがじぶんで分《わか》らないやうでした。それから私《わたし》はきゆうに、あつ、あつとおもはずこゑを出《だ》すと、そとへはしりでました。私《わたし》はむちゆうではしりました。私《わたし》は二どもすべつて、雪《ゆき》のなかに手《て》をつきました。しかしすぐおき上《あが》りながら、はしりました。すこし行くと、ふところに入《い》れてあつた賣《う》りのこりのちりかみがおちたのにきづきました。私《わたし》はそれをひろつて、ふところに入《い》れました。ところが、ちよつと行くうちに、又《また》ちりかみがふところからおちました。雪《ゆき》といろがおなじなので、私《わたし》はめくらにでもなつたやうに、むちゆうでそれを雪《ゆき》やぶのなかゝらさがし出《だ》すと、ふところにぐじや〳〵におしこんではしりました。ふゞきはなほひどくなつてゐました。死《し》ねばだめだ、死《し》ねばだめだ、私《わたし》ははしりながら、こゑを出《だ》して泣《な》いてゐました。ゆきのなかにのめつたり、下《した》のかちかちのところではすべりころんだり、弟《おとうと》の名《な》をよびながら、たえずあつ、あつとこゑをあげて、私《わたし》は（六字《じ》程《ほど》不明《ふめい》）お母《かあ》さんや私《わたし》がどんなに弟《おとうと》をあてにしてゐるか分《わか》りません。弟《おとうと》が大《おほ》き

（これはこゝまでゞ終《をは》つてゐる。）

——一九二九・一二・七——

不在地主　終

昭和五年一月十五日印刷
昭和五年一月二十日發行

不在地主

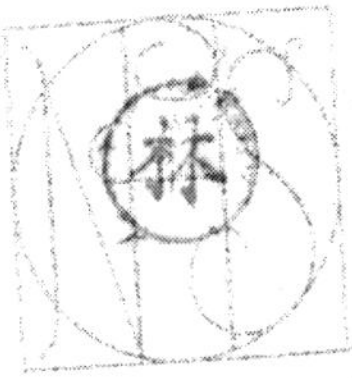

著者　小林多喜二

發行者　鈴木利貞
東京市麹町區丸ノ内二ノ一八

印刷者　君島潔
東京市小石川區久堅町一〇八

印刷所　共同印刷株式會社
東京市小石川區久堅町一〇八

發行所　株式會社　日本評論社
東京・丸ノ内・昭和ビル　振替東京一六　電話丸ノ内(23)四一三一　四一三二　四一三三

日本プロレタリア傑作選集

- 蜂起 外三篇 藤森成吉
- 誰が殺したか？ 外三篇 葉山嘉樹
- 密偵 外八篇 林房雄
- 敷設列車 外七篇 平林たい子
- 血 外五篇 岩藤雪夫
- 赤い湖 外三篇 金子洋文
- 太刀打ち 外五篇 片岡鐵兵
- 不在地主 外一篇 小林多喜二
- 氷河 外四篇 黒島傳治
- セムガ 外二篇 前田河廣一郎
- 暴力團記 外十二篇 村山知義
- 能率委員會 外五篇 徳永直

・・・・各冊 30錢・・・・

不在地主《ふざいじぬし》

2018年 5 月22日　新装復刻版第 1 刷発行
◆底本：1930年 1 月20日発行

著　者　小林《こばやし》 多喜二《たきじ》
発行者　串崎 浩
発行所　株式会社日本評論社
〒170-8474　東京都豊島区南大塚 3-12-4
電話　03-3987-8621（販売）
印刷所　デジタルパブリッシングサービス
製本所　デジタルパブリッシングサービス
装　丁　精興社

Printed in Japan
ISBN 978-4-535-59615-3